DÍAS DE
PERROS

CRÓNICAS DE LA PRIMARIA CARVER

— LIBRO UNO —

DÍAS DE PERROS

ESCRITO POR Karen English

ILUSTRADO POR Laura Freeman

Clarion Books

Houghton Mifflin Harcourt · Boston · Nueva York

Para mi nieto, Gavin —K.E.

Para mi mamá —L.F.

Derecho de autor del texto © 2013 de Karen English
Derecho de autor de ilustraciones © 2013 por Laura Freeman
Traducido del inglés por Aurora Humarán y Leticia Monge

Clarion Books es un sello editorial de Houghton Mifflin Harcourt Publishing Company.

hmhbooks.com

Para el texto se utilizó Napoleone Slab.
Las ilustraciones se realizaron digitalmente.

La Biblioteca del Congreso ha catalogado la edición tapa dura como:
English, Karen.
Días de perros / escrito por Karen English; ilustrado por Laura Freeman.
Traducido del inglés por Aurora Humarán y Leticia Monge.
páginas cm. –(Crónicas de la Primaria Carver; libro 1)
Resumen: Gavin desea causar una buena impresión en la Primaria Carver, donde nadie
sabe que él es muy bueno jugando al fútbol y con la patineta, pero su insoportable
hermana mayor, un bravucón y la pomerania de su tía abuela le hacen la vida difícil.
[1. Mudanza, Hogar—Ficción. 2. Escuelas—Ficción. 3. Amistad—Ficción. 4. Tías
abuelas—Ficción. 5. Bravucones–Ficción. 6. Perra pomerania—Ficción.
7. Perros—Ficción.]
I. Freeman, Laura, ilustradora. II. Título.
PZ7.E7232Dog 2013
[E]—dc23
2013001826

ISBN: 978-0-547-97044-8 tapa dura
ISBN: 978-0-544-33912-5 tapa blanda
ISBN: 978-0-358-21370-3 tapa blanda en español

Fabricado en los Estados Unidos de América
4 2022
4500844959

∘Índice∘

Índice

Uno
¡Fue un accidente!

Gavin está esperando a su nuevo amigo Richard quien vendrá a jugar a los videojuegos. A Gavin le agrada Richard, su amigo de la Escuela Carver. Gavin tenía muchos amigos en su anterior escuela, la Escuela Bella Vista, pero sabe que cuando cambias de escuela, debes comenzar de nuevo.

En el nuevo barrio, hay muchas cosas a las que debe acostumbrarse. La casa nueva, el patio trasero nuevo y los niños nuevos de su cuadra que ni siquiera saben que él es prácticamente una *estrella* del fútbol. Bueno, quizás no es exactamente una estrella, pero él piensa que es bastante bueno. Richard lo eligió para su equipo de kickball. Es un buen chico.

Gavin hizo una pelota con sus calcetines. Mientras espera, lanza la pelota-calcetín hacia arriba, con fuerza, hasta que golpea el techo y regresa exactamente a sus manos.

—Qué molesto. ¿Por qué no paras?

Es Danielle, su hermana. Lamentablemente, ella no se quedó en la casa en la que vivían antes.

Lanza otra vez la pelota-calcetín hacia el techo solo para fastidiarla.

—Puf. ¡Eres tan molesto!

Por suerte, irá a cuidar a la niña que vive enfrente. *Pronto*, espera Gavin.

Por fin, suena el timbre— y antes de que él se levante para abrir la puerta, Danielle, la Señorita Grande de Octavo Grado, la Señorita Grande de Trece Años que Pretende Tener Dieciséis, abre la puerta principal y mira a Richard de manera intimidante.

—¿Sí? —dice ella, con su nuevo estilo distante.

Richard la mira fijamente unos segundos.

—¿Eres la hermana de Gavin?

Sin responder, Danielle dice, por encima de su hombro:

—Gavincín, llegó tu amigo.

Gavin siente vergüenza. Nadie conoce ese apodo en la escuela nueva. Danielle da unos pasos al costado para que entre Richard. Él pasa sigilosamente, quizás con un poco de miedo por la amenazadora presencia.

—Hola —dice con timidez desde la puerta de la sala de estar.

—Hola —dice Gavin. Lanza su pelota-calcetín al techo otra vez y la atrapa con facilidad. Desea impresionar a Richard.

—¿Entonces vamos a jugar a los videojuegos? Por algún motivo, Richard no parece estar muy seguro.

—Sip. ¿A qué quieres jugar?

Richard se encoge de hombros y se tira sobre el sofá.

—¿Tienes *Fight Night*?

Gavin deja de lanzar su pelota-calcetín y se sienta en el piso, con la mirada en la pantalla oscura del televisor. Odia admitir que su mamá no le permite videojuegos "excesivamente violentos".

—No, no lo tengo.

—¿Tienes *Slam!*?

Gavin niega con la cabeza.

—¿*Slam2!*?

Gavin sacude la cabeza otra vez.

—Bueno, ¿qué *juegos tienes*? —pregunta Richard frunciendo el ceño.

—Tengo *Animal Incredible*.

Richard mira a Gavin como si Gavin fuera un extraterrestre.

—Amigo, ese es un juego de bebés.

Gavin no responde.

Richard suspira.

—Bueno, juguemos a ese.

Luego de veinte minutos, Gavin nota, incluso sin mirarlo, que Richard se está aburriendo del juego. Resopla y comete errores. Gavin sabe que pronto empezará a quejarse. Ambos están sentados en el piso con los controles en las manos; tratan de acumular puntos para agregar animales especiales a sus reinos. Gavin está acumulando más puntos que Richard. No se sorprende cuando Richard baja el control y dice:

—Este juego apesta.

Gavin mira rápidamente por encima de su hombro. A su madre no le gusta esa palabra.

—Suena grosera —le había explicado a Gavin la vez que él la usó—. No quiero volver a oírla.

—Porque te estoy ganando —dice Gavin a Richard.

—Porque juegas este juego de bebés todo el tiempo.

Richard empuja el control que está a su lado para mostrar que abandona todo intento de poblar su reino.

—De todos modos, ¿qué importa? ¿Por qué al menos no tienes *Spooky Mansion*? Carlos lo tiene, y es mucho más divertido.

—A mi mamá le gusta que los juegos sean educativos —confiesa Gavin.

Richard resopla con fuerza. Un gran resoplido que comienza con una profunda inspiración de aire.

—¿Qué tienes para comer?

Antes de que Gavin pueda responder, escucha a su mamá en la escalera. Ella se detiene en el cuarto con el bolso sobre el hombro.

—Hola, Richard —dice.

De repente, Richard parece estar en guardia.

—Hola, señora Morris.

—Debo ir al centro comercial —les dice—. Tu papá está en su oficina, y Danielle está enfrente, en casa de los Myers. ¿Van a estar bien?

Gavin oculta una sonrisa. Siempre es un alivio que su hermana no esté en la casa. Cuando no lo está pellizcando al pasar a su lado, le está diciendo que sus orejas son muy grandes para su cabeza. Él *sabe* que sus orejas son muy grandes para su cabeza, pero todos tienen algo que se puede mejorar. A Danielle le están apareciendo pequeñas espinillas en la frente, lo que indica que aparecerán más. (¡Ojalá eso ocurra pronto!) Una compañera de clase suya, Deja, probablemente necesitará frenos, y la nariz de Richard es un poco grande y graciosa.

—Estaremos bien —dice Gavin. No pregunta qué hay para comer. Si lo hace, la mamá le dirá las cosas que no debe tocar. Como las galletas o las papitas o las barras de frutas que usualmente le permite comer luego de la cena, como premio.

Apenas la puerta se cierra, Gavin sonríe de oreja a oreja; siente la gloria de la libertad. Si bien su papá está a dos cuartos de distancia, es casi como si la casa fuera toda para él. Mira a Richard, quien ahora está lanzando la pelota-calcetín hacia el techo.

—¿Quieres golosinas de Danielle?

—Sip. ¿Dónde están?

—En su cuarto. Debajo de su cama. —Gavin sonríe con picardía—. Ella no sabe que yo sé dónde las guarda.

Ambos comienzan a subir las escaleras. Cuanto más se acercan a las golosinas de Danielle, más entusiasmado está Gavin.

—Se va a dar cuenta de que sacamos algunas —dice Richard.

—No. Ya lo he hecho antes. Simplemente tienes que reacomodar las golosinas en la lata. Debes separarlas para que ocupen el espacio vacío, pero no puedes tomar muchas. Lo hago siempre. —Cruza el cuarto de Danielle hasta la ventana y observa detenidamente la casa de los Myers, que está enfrente. No hay peligro a la vista.

Richard sigue acobardado en la puerta como si tuviera miedo de entrar al cuarto.

—Vamos. ¿De qué tienes miedo? —pregunta Gavin.

—Puede regresar en cualquier momento, y no parece ser muy amigable.

—Te puedo asegurar que Danielle no es para nada amigable.

Richard entra al cuarto, pero se queda cerca de la puerta. Echa una mirada alrededor: la cama con su dosel rosa, la alfombrilla rosa y la colección de pequeños animales de cerámica en un estante sobre el tocador. Tres fotos de bailarinas de ballet están enmarcadas en color rosa.

—Cuánto rosa —dice Richard.

—Si tuvieras una hermana, sabrías que les encanta el rosa.

Richard levanta una pequeña jirafa de cerámica y la mira con los ojos entrecerrados.

—Deja eso. ¡Déjalo en el lugar exacto donde lo encontraste! —grita Gavin.

Richard coloca la jirafa nuevamente sobre el estante. Gavin va al estante y mira la jirafa con los ojos entrecerrados.

—¿Estaba *exactamente* así? —pregunta Gavin.

—Creo, creo, creo... que sí —tartamudea Richard.

—Porque si no estaba así, ¡se dará cuenta de que estuve en su cuarto! Mírala bien, Richard.

Gavin corre hasta la ventana y vigila nuevamente la casa de enfrente. Todo sigue tranquilo. No hay señales de que la furiosa Danielle esté regresando.

—¡Vamos! ¡Apurémonos! —dice por encima de su hombro. Se tira al piso, al costado de la cama de Danielle, mete la mano por debajo y estira la lata de golosinas.

—¿Por qué la guarda debajo de la cama? —susurra Richard como si alguien pudiera escucharlo.

—Para esconderla de mí. —Gavin larga una carcajada—. *Jaaa, jaaa, jaaa.* —Ha estado practicando. Ha logrado que suene casi como la voz del señor Muddlemouth de los dibujos animados de *Captain Radical*. Al reírse, se siente menos nervioso.

Richard lo mira y le sonríe con simpatía.

La lata rosa de las golosinas tiene una tapa ajustada que es bastante difícil de levantar cuando estás muy apurado. Gavin jala y jala. Puede sentir los latidos de su corazón. De repente, se detiene y escucha.

—¿Qué fue eso?

—¿Qué? —pregunta Richard.

—Shhh —dice Gavin. ¿Fue la puerta de la casa de los Myers? ¿Ya regresa Danielle? Gavin se levanta de un salto y corre hasta la ventana una vez más. No hay movimientos en casa de los Myers, del otro lado de la calle. No hay noticias de Danielle. Mira a Richard, quien está observando detenidamente la colección de animales de Danielle.

—No toques más las cosas de Danielle, Richard. —Gavin toma la lata y la destapa. Los turrones de chocolate envueltos en papel dorado siempre le parecen un tesoro. Toma dos, luego esparce cuidadosamente los que quedan para cubrir los espacios vacíos. Pone la tapa y coloca la lata en su lugar debajo de la cama de Danielle. Entonces, justo cuando se está poniendo de pie, antes de que pueda volverse hacia Richard, escucha:

—¡Ey! ¡Atrápala!

Richard lanza, directo hacia Gavin, la bola de nieve de

Danielle. (Es la que recibió el invierno pasado cuando viajó a un festival en Nueva York con el coro de su escuela y que está hecha de pesado vidrio y no de plástico). Por desgracia, las manos de Gavin llegan medio segundo tarde, y la pesada bola de vidrio se estrella contra la esquina del tocador de Danielle y se hace añicos. Hay agua, espuma, el pequeño Empire State y pedazos de vidrio por todos lados.

Gavin y Richard se quedan parados durante cinco largos segundos, mudos, observando el desastre que alguna vez fue la preciosa bola de nieve de Danielle, su valioso recuerdo de Nueva York. Gavin corre de nuevo hasta la ventana para mirar la casa de los Myers. Deben apresurarse.

—¡Primero debemos recoger el vidrio! —le dice a Richard, quien parece estar clavado en el piso. Gavin vuela hasta su cuarto y trae su bote de basura. Con cuidado, comienza a recoger primero los pedazos más grandes de vidrio.

—Deberías haberla atrapado —dice Richard—. Te dije: "Atrápala". ¿Por qué no la atrapaste?

Gavin deposita con mucho cuidado los pedazos más grandes de vidrio en su bote de basura. Luego debe aspirar los pedazos pequeños.

Gavin corre al baño a traer una toalla para absorber el agua. Se la lanza a Richard.

—¡Seca el agua así puedo aspirar! —Corre hasta el armario del pasillo a buscar la aspiradora.

En minutos, el pequeño Empire State de plástico, los pedazos grandes de vidrio y la base de plástico están en el bote de basura de Gavin ocultos bajo toallas de papel arrugadas; el resto del vidrio está dentro de la aspiradora. El único rastro que delata que algo ha ocurrido es la mancha levemente oscura en la alfombra del cuarto de Danielle, al lado del tocador.

Richard respira con gran alivio. Gavin sale del cuarto, luego vuelve a entrar para ver si se nota a simple vista. *¿Cuánto tardan sus ojos en detectar la mancha oscura?*, se pregunta. *Bastante poco. ¿Quizás es porque él ya sabe que está ahí?*

Bajan las escaleras en puntitas de pie. No sabe por qué bajan en puntitas de pie. Salen por la puerta principal y se sientan en el escalón más alto

del porche a esperar... lo que sea que vaya a ocurrir.

—Mejor me voy a casa —dice Richard.

—No —insiste Gavin—. En este lío estamos metidos los dos. Espera. En cuanto llegue mi mamá, le preguntaré si podemos ir al parque. Así, cuando llegue Danielle, no estaremos.

Ignorando el comentario, Richard dice:

—¿Qué hará tu hermana —traga saliva— si descubre que entramos a su cuarto?

—¿Quieres decir qué hará si descubre que entramos a su cuarto, robamos sus golosinas y rompimos su bola de nieve de su único viaje a Nueva York?

—Sí —dice Richard con un hilo de voz, luego de un momento.

—No quieres saberlo —dice Gavin. Ahora es Gavin el que traga saliva con miedo.

● ● ●

En ese momento, se abre la puerta principal de los Myers, y sale Danielle.

—Maldición, maldición, maldición —murmura Gavin. Aparentemente, la señora Myers regresó del supermercado antes de lo que él esperaba. Está parada en la puerta con Luna, su hija de dos años, sobre las caderas. Con la mano de Luna, saluda a Danielle. Danielle saluda:

—*Adieu, ma chérie! Bisous!* —La pequeña de dos años saluda también. Este año, Danielle toma clases de francés, y Gavin debe escuchar este tipo de cosas todo el tiempo. Su francés lo está volviendo loco.

Danielle cruza la calle dando saltitos y se detiene frente a Gavin y a Richard. Los mira con algo de superioridad.

—¿En qué andan?

—No andamos en nada —dice Gavin, sin darle mucha importancia—. Estamos acá, sentados.

Ella frunce el ceño y luego mira de reojo.

—Noto algo raro. ¿Qué está pasando? —Mira a Richard. Richard baja la mirada.

Danielle resopla. Pasa al lado de ellos, y Gavin escucha que la puerta se cierra. Contiene la respiración para tratar de escucharla subir las escaleras a su cuarto. Gavin mira a Richard.

—¿Dónde estaba la bola de nieve antes de que me la lanzaras?

—Estaba en su mesa de noche —dice Richard.

El corazón de Gavin da un brinco.

—Maldición. No tardará ni un segundo en ver que no está.

Se quedan sentados quietos, escuchando.

En ese mismo momento, se escucha la voz de Danielle, primero baja y luego más fuerte, como la sirena de una ambulancia.

—¡No puedo *creerlo*! ¡No puedo CREERLO!

¿Por qué justo en ese momento tiene que llegar la madre de Gavin en su auto? Antes de que salga del auto, los niños escuchan a Danielle bajando la escalera. Parece estar bajando las escaleras de dos en dos. Sale a toda velocidad de la puerta principal; de un salto, queda parada justo frente a Richard y Gavin con las manos en las caderas.

—¡No puedo CREERLO!

—¿Creer qué? —pregunta Gavin. Continúa tragando saliva mientras abre los ojos para parecer lo más inocente posible.

—Sí. ¿Qué es lo que no puedes creer? —dice la mamá de Gavin. Ha salido del auto y sube por la entrada de la casa hacia los tres niños, con la bolsa de las compras en la mano.

Es como si Danielle no hubiera escuchado a su madre. No retira los ojos de Gavin.

—¿DÓNDE ESTÁ MI BOLA DE NIEVE?

Gavin abre la boca, con terror.

—Fue un accidente —logra decir por fin.

—¿Qué ocurrió? ¡Y más vale que me digas la verdad!

—Danielle, por favor, cálmate —dice la madre.

Gavin se queda en silencio y mira a su madre en busca de ayuda.

—¡Siempre se mete con mis cosas, mamá! Le digo que no entre a mi cuarto, pero de todos modos entra. —Vuelve su indignada y contraída cara hacia Gavin—. ¿Qué estabas haciendo en mi cuarto, tonto? ¿También llevaste a este payaso a mi cuarto? —Acerca la cabeza hacia Richard, y Richard se echa hacia atrás. Gavin ve como Richard traga saliva.

—Sin insultar, Danielle —dice la madre con calma—. Entremos a casa. —Se vuelve hacia Richard—. Richard, creo que es hora de que vayas a tu casa.

Danielle protesta de inmediato.

—Antes debe dar explicaciones. ¡Sé que tuvo algo que ver! ¡Debe quedarse y dar explicaciones!

Gavin mira a Richard nuevamente. Está vencido. Petrificado.

—Arreglemos este asunto en la casa. —Algo en la voz de su madre les dice que no lo va a decir dos veces. Ella suspira—. Pasa, Richard.

Una vez adentro, todos están en el pasillo de entrada mientras la mamá de Gavin golpea suavemente la puerta de la oficina del papá. El papá de Gavin sale; los mira uno por uno.

—¿Qué está pasando?

Danielle le da un fuerte codazo a Gavin y lo mira con la cara transfigurada.

—¡Dile, Gavincín!

—Vamos al comedor —dice la madre de Gavin. La mamá va adelante. Cuando ya están todos sentados, el papá de Gavin dice:

—Soy todo oídos.

Danielle no espera a que Gavin explique.

—Papá, todo el día le digo a este chico que no entre a mi cuarto, pero él no respeta mi espacio en lo más mínimo y...

El papá de Gavin se vuelve hacia Richard.

—¿Y tú qué tienes que ver en este asunto?

—¿Yo? —Richard abre los ojos y se vuelve hacia Gavin.

Gavin mira hacia abajo y dice, entre dientes:

—Le conté a Richard que Danielle guarda golosinas debajo de la cama. Le pregunté si quería una. Me dijo que sí, entonces fuimos solo a tomar una golosina cada uno, y...

—¿Le pediste permiso a Danielle? —pregunta el padre de Gavin.

—No pude porque Danielle estaba enfrente. —Gavin mira a Richard, y Richard asiente con la cabeza.

—Entonces te pareció bien entrar y tomar las golosinas.

Danielle mira a Gavin y luego a Richard, y les sonríe. Más que una sonrisa parece una mueca de desprecio.

—Realmente me has desilusionado, Gavin. En primer lugar, hiciste algo incorrecto, y luego involucraste a tu invitado.

Richard mira hacia abajo como si también fuera una inocente víctima de Gavin.

—Pero, papá... no ocurrió así. Fue Richard quien tomó la bola de nieve de Danielle. Él me la lanzó.

Richard acota:

—Pero te dije "atrápala", y deberías haberla atrapado. No se hubiera roto.

—Creo que hemos escuchado suficiente, Gavin —dice su madre. Se vuelve hacia Richard—. Richard, puedes ir a tu casa.

—Y ni siquiera la lancé con fuerza —agrega Richard mientras se levanta y se dirige hacia la puerta; se lo ve muy aliviado. Ni siquiera mira hacia atrás cuando se va.

—¿Ven, mamá, papá? ¿Ven cómo él nunca respeta mi espacio? Creo que debe recibir un castigo. Es justo.

Gavin baja la cabeza y se mira las manos mientras espera el veredicto. Escucha como se cierra la puerta principal. Ahora está solo.

—Voy a pensarlo —dice su madre.

—Habrá un castigo —dice el padre—. Puedes estar segura de ello.

Danielle levanta la barbilla, triunfante. Sonríe a Gavin. Una de sus desagradables sonrisas.

—Te aseguro que algo pensaremos —agrega el padre—. Algo adecuado.

—En este momento, tengo cosas que hacer —agrega la mamá de Gavin—. La tía abuela Myrtle y el tío Vestor vienen a cenar mañana.

Ay, no, piensa Gavin. Que vengan a cenar la tía Myrtle y el tío Vestor es lo peor que podía pasar. Tiene la sensación de que sus problemas recién empiezan.

DOS
¡Come los guisantes!

El tío Vestor y la tía Myrtle vienen a cenar un domingo al mes. En realidad, la tía Myrtle es la tía del papá de Gavin, es decir que ella es la tía abuela de Gavin, pero todos la llaman tía Myrtle. Gavin no la pasa bien cuando vienen de visita porque debe convertirse en una persona totalmente diferente. Debe decir "Sí, señora", "No, señora", "Sí, señor" y "No, señor". Debe acordarse de comer con modales súper correctos.

Durante toda la cena, debe escuchar la larga lista de quejas de la tía Myrtle y debe aguantar su mirada penetrante cuando observa si él come con modales súper correctos. Y cuando el tío Vestor deja caer en su mano la habitual moneda de 25 centavos, que ni siquiera alcanza para comprar una golosina, debe mostrarse entusiasmado y decir:

—Gracias, tío Vestor.

Al menos hoy han dejado a Carlotta en casa.

Carlotta es la pomerania de la tía Myrtle. Es una perra horrible con carita de lobo malo, un raro pelaje naranja y ese sonido bajo, como un gruñido, que hace desde el fondo de la garganta. A ella no le agrada Gavin, y a Gavin no le agrada ella. Es demasiado nerviosa, todo el tiempo aúlla y corre alrededor de los tobillos de Gavin, amenazando con morderlos. Él no sabe por qué ella se porta así cuando está cerca de él. Quizás él emana un olor raro.

La tía Myrtle se está quejando de un dolor en la cadera. El tío Vestor come su puré de papas en silencio. Parece haber escuchado esa queja cinco millones de veces. La tía Myrtle piensa que quizás deba hacerse un reemplazo de cadera, como su amiga Gert. Luego explica por qué la cirugía no funcionó y que Gert todavía tiene problemas de cadera, y que seguro ella tendrá las mismas dificultades.

Luego habla sobre sus problemas de ardor estomacal por los cuales debe estar incorporada en la cama toda la noche para poder conciliar el sueño. Y luego, por supuesto, habla sobre Carlotta. Gavin piensa en esa boquita aulladora y cómo la cabecita de Carlotta se sacude con cada ladrido. Imagina los mordiscos afilados en sus tobillos. Al pensarlo, casi deja la pierna de pollo en el plato.

—No sé qué haré cuando Vestor se vaya de viaje la semana próxima a la Convención de Barberos Armonizadores. Cuando regresa a casa a la hora del almuerzo, siempre la saca a pasear.

El tío Vestor no solo es dueño de una barbería en la calle Marin, también es miembro de un grupo de canto formado por barberos reales. Cantan en bodas, fiestas y cosas así. Gavin los ha visto actuar montones de veces. Piensa en los Melódicos. Así se llaman: los Barberos Melódicos.

En ese momento, Gavin siente que la tía Myrtle lo mira otra vez. Sus ojos están entornados y la mueca que hace indican que algo no le gusta. Lentamente, Gavin baja el hueso de pollo que estaba mordisqueando con alegría. Se limpia las manos en la servilleta que tiene sobre el regazo, toma el cuchillo y el tenedor e intenta sacar la carne del hueso. El pollo no es tan rico de esa manera, pero la tía Myrtle sostiene que, en lo posible, no hay que comer con las ma-nos. Incluso aunque su mamá no se opone si se trata de una pierna. Gavin suspira y pasa a los guisantes que ha evitado hasta ahora. Por lo general le provocan arcadas. Pincha un guisante con el tenedor y lo lleva a la boca.

Casi no puede tolerar la repugnancia que siente. Respira hondo. No se atreve a tener arcadas frente a la tía Myrtle. Se lleva otro guisante a la boca, y nota que la tía Myrtle lo ha estado observando por sobre las gafas.

—¿Por qué comes de esa manera? ¿Un guisante por vez?

Antes de que Gavin pueda pensar una respuesta, Danielle dice:

—Siempre come los guisantes así, tía Myrtle. No le gustan los guisantes.

—No te pregunté a ti —dice la tía Myrtle, volviéndose a Danielle—. Le pregunté a Gavin.

Gavin casi sonríe, pero se contiene.

—Los puedo tragar mejor de esta manera.

—Eso es una tontería. Cómete esos guisantes. Quiero ver como te sirves un tenedor lleno y te los comes. Ahora.

Gavin siente que su cara se acalora. Aguanta la respiración y traga con dificultad. Le resultará imposible servirse un tenedor lleno de guisantes, ponerlos en la boca, masticarlos y luego *tragarlos*. Imposible. Por lo general, come de a uno o dos guisantes. A veces, logra comer medio tenedor si bebe un trago de leche para empujarlos.

Le empiezan a castañetear los dientes, algo que le ocurre cuando se pone nervioso, por ejemplo, cuando una escena en una película está a punto de ponerse más terrorífica.

—Estoy esperando —dice la tía Myrtle.

Su mamá y su papá se miran, pero Gavin no sabe si ellos van a intervenir o no. También parecen estar esperando.

Danielle, por su parte, sonríe con malicia. Lo observa con una ceja levantada. Incluso deja de comer como para concentrar toda su atención en la desgracia de Gavin.

Gavin toma unos pocos guisantes con el tenedor.

—Eso no es un tenedor lleno —dice la tía Myrtle.

Gavin mira a su madre. No puede interpretar su rostro. No se da cuenta si ella aprueba o desaprueba lo que la tía Myrtle lo está obligando a hacer. Su padre, por otro lado, continúa comiendo. Gavin se sirve un tenedor lleno. Lo mira como si los guisantes fueran sus enemigos personales. Lentamente, coloca el tenedor dentro la boca. Siente que una arcada empieza a surgir desde el fondo de la garganta. Siente que su estómago se sacude; no lo puede controlar. Abre los ojos alarmado. Rápidamente, toma su vaso de leche y bebe un trago enorme y luego otro. Los guisantes bajan. Respira muy aliviado y mira a la tía Myrtle. La expresión de disgusto en su cara se ha acentuado.

—Creo que has malcriado a este niño, Lisa —le dice a su madre. Siempre le suena extraño cuando alguien llama a su madre por su primer nombre. Piensa en los nombres de sus padres: *Lisa y Greg*. Los piensa como personas comunes, y no como sus padres y los de su hermana.

—Sí, creo que a este niño le han permitido hacer lo que él quiere.

—¿Por ejemplo, tía Myrtle? —pregunta su mamá con un tono raro en la voz.

—¿Por ejemplo? Solo mira lo que permitió que hiciera su amiguito con el preciado recuerdo de Danielle.

En este momento, Danielle reacciona. Había recibido a la tía Myrtle en la puerta con la tonta historia de su tristeza por la tonta bola de nieve. Hasta había derramado unas lágrimas.

Sabe que es la favorita de la tía Myrtle. ¡*Lamebotas!*, piensa Gavin.

—Bueno, creo que Gavin debería pagar a su hermana el costo de esa cosa.

—Estábamos considerándolo —dice la mamá de Gavin.

Danielle se acomoda en su asiento. No se aguanta.

—Cuando me mude aquí la próxima semana, le permitiré pasear a Carlotta. Será su trabajito: para que aprenda el valor de un dólar. —Se recuesta en la silla, feliz con su plan—. Sí, necesito alguien que pasee a Carlotta, y él necesita *ganar* dinero para reemplazar esa bola de nieve. Le daremos dos dólares por día, que es realmente mucho para pasear a un perro, pero mi corazón es muy bondadoso.

Varias cosas hacen que las cejas de Gavin se arqueen: ¿*mude?*, ¿*trabajito?*, ¿*dos* míseros *dólares?* ¿Qué es esa historia de la mudanza de la tía Myrtle? ¿Y pasear a Carlotta, esa perra odiosa y gruñona, va a ser su *trabajo,* por tan solo dos dólares al día? Bueno, es mejor que 25 centavos al día, supone.

Como si hubiera escuchado las preguntas que Gavin no hizo, su mamá se vuelve hacia Danielle y Gavin, y dice:

—La tía Myrtle se quedará con nosotros una semana más

o menos cuando el tío Vestor vaya a la Convención de Barberos Armonizadores, en la Ciudad de Kansas.

Gavin mira al tío Vestor, quien ahora sonríe, con una expresión lejana en el rostro. Parece un hombre a punto de liberarse.

—Entonces —continúa la madre—, ya que a la querida tía no le gusta quedarse sola en su enorme casa, pensé que sería lindo que se quedara aquí. —Mamá sonríe radiante. Danielle ladea la cabeza y le devuelve la sonrisa. Gavin baja la cabeza y se mira las manos.

—¿No es una buena noticia? —insiste—. ¿Verdad que nos alegrará tenerla en casa? En especial a ti, Gavin. Ahora tendrás esta bonita manera de ganar dinero y demostrar tu responsabilidad.

—No sé si mi bola de nieve puede ser *reemplazada* —dice Danielle, solo para complicar las cosas, sospecha Gavin.

—Bueno —dice la tía Myrtle—, podrá darte lo que vale.
—Se vuelve hacia Gavin—. Ahora, comamos esos guisantes.

¿Por qué pensó que la tía Myrtle se olvidaría de los guisantes? ¿Por qué pensar que se salvaría de terminar de comerlos? Otra vez, debe luchar con otro tenedor lleno mientras todos lo miran. Aguanta la respiración y logra tragarlos pensando en la tarta de melocotones que preparó la mamá para el postre. *El poder de la mente*. Tan pronto como su audiencia deja de prestarle atención a él y se dedica a sus cosas, logra colocar el siguiente bocado de guisantes en la servilleta que tiene sobre el regazo. Levanta la vista justo cuando la tía Myrtle está mencionando el lugar en que ubicarán a Carlotta.

A su mamá no le gusta que haya perros en la casa, y eso será un problema.

—Tenemos una bonita caseta junto al garaje, tía Myrtle —le dice.

La tía Myrtle hace un gesto de reprobación con la boca, y mira al padre de Gavin. Con voz tranquila dice:

—Carlotta no es una perra de exterior. El shock podría matarla.

Gavin baja la cabeza para ocultar la sonrisa que lucha por no mostrar.

La tía Myrtle sigue hablando.

—Únicamente sale cuando Vestor la pasea.

La mamá de Gavin guarda silencio. La tía Myrtle vuelve a mirar al padre de Gavin, como si se estuviera dirigiendo solo a él.

Esto parece forzar al padre a tomar una decisión.

—Creo que podemos dejar a Carlotta en el porche trasero detrás de una cerca para niños. Todavía tenemos en el garaje la que usábamos cuando Gavin era pequeño.

La mamá de Gavin no dice nada. Come un bocado de puré de papas. La tía Myrtle sonríe como si hubiera ganado un round de boxeo.

Cuando el último guisante ha sido "empujado" con la leche o ha quedado escondido bajo la servilleta —que planea guardar en su bolsillo y arrojar en el inodoro apenas pueda— Gavin pide permiso para levantarse. Debe hacerlo solo cuando están de visita la tía Myrtle y el tío Vestor. Antes de que su madre pueda responder, la tía Myrtle examina su plato. Lo mira durante unos segundos tratando de encontrar un guisante.

—Puedes irte —dice por fin.

Él se levanta, y con rapidez guarda la servilleta hecha una bola en su bolsillo, y sale del cuarto prácticamente en marcha atrás. ¡Es libre! Sin embargo, antes de que pueda escapar del comedor, la tía Myrtle acota:

—Gavin será un buen paseador mientras Vestor esté en la Convención de los Armonizadores. Sé que él y Carlotta se llevarán bien.

Gavin logra sonreír tímidamente. Piensa en la cara de Carlotta, su nariz que es un botón redondo y negro, el horrible pelaje naranja plumoso como algodón de azúcar con manchitas negras y blancas, esas patitas cortas y las afiladas uñas que hacen clic clic en los pisos duros. Piensa en la boca de Carlotta, siempre con esa expresión entre sonrisa y malicia, mientras jadea con su apestoso aliento y muestra sus afilados caninos puntiagudos como si deseara hundirlos en la pierna de Gavin. Sus ojos vidriosos siempre brillantes y amenazadores. Una semana con Carlotta... ¿Cómo hará para tolerarlo?

Tres
Problemas, problemas, problemas

Sin que Gavin haya emitido opinión alguna, los detalles de su "trabajito" han sido arreglados. Mientras desayunan, al día siguiente, se entera de todo. Están sentados a la mesa, y Danielle se sirve hasta el tope de su vaso lo que queda de jugo mientras ríe para sí. Él la ignora y protesta:

—Danielle se tomó todo el jugo.

—¿Qué? —dice el padre. Está leyendo el periódico y bebiendo café. Gavin sabe que, en realidad, no está escuchando. Luego oye ruiditos que van en aumento sobre las baldosas del pasillo; se acercan a la cocina. Entonces, Gavin escucha la voz de la tía Myrtle.

—Cuidado, Vestor. Solo sube mis maletas. —Luego Carlotta aparece y se queda parada, expectante, en la puerta de la cocina, jadeando, con su pequeña cara rodeada por un grotesco pelaje naranja lo suficientemente erizado como para cortar a alguien. Mira a Gavin, luego levanta uno de los lados de su delgado labio negro y Gavin escucha un sonido bajo, gutural.

—No hagas eso, Carlotta. —La tía Myrtle, orgullosa como una mamá, alza a la perra. Le hace cosquillas y mimos en la panza—. Esa es mi bebé —dice, frunciendo la boca.

Gavin siente náuseas. Es casi peor que comer guisantes. Su madre aparece y lleva a la tía Myrtle a la zona que está detrás de la cerca de protección que bloquea el porche trasero.

—Aquí, tía. Esto es lo que preparamos para Carlotta.

La tía Myrtle mira la canasta de paja donde la mamá de Gavin usualmente guarda periódicos. Ha sido cuidadosamente preparada con un viejo edredón de bebé. Ella suspira y abraza a Carlotta como para protegerla. Se sienta a la mesa... ¡con Carlotta! Gavin abre mucho los ojos. Mira a su madre, luego a la tía Myrtle y luego de nuevo a su madre. Su madre mira a su padre con una expresión que Gavin sabe que es un pedido de ayuda.

Gavin puede sentir que su padre suspira para sus adentros. Se levanta, va hasta la silla de su tía y gentilmente toma a Carlotta de sus brazos.

—Estoy seguro de que a Carlotta le gustarán sus nuevos aposentos —dice. Coloca a la perra en su nueva cama en el porche trasero. Carlotta araña el edredón un rato, luego se calma y descansa la cabeza sobre sus patas. Mira a la tía Myrtle como pidiendo que la defienda. La tía Myrtle, con una mueca que indica su molestia, dice:

—Quisiera tomar té, por favor. Si es que tienen té.

—Por supuesto—. La mamá de Gavin se levanta de un salto para encender la hornilla debajo de la tetera.

Mientras la tía Myrtle toma su té, le informa a Gavin de lo siguiente: a ella no le apetece nada más. Gavin paseará a Carlotta una vez al día, luego de la escuela, por lo que debe volver a la casa directamente. Nada de quedarse a jugar. Si —y solamente si— hace su trabajo de manera satisfactoria, la tía Myrtle le pagará lo suficiente para reemplazar la bola de nieve de Danielle con algo similar.

—Aunque sé que no puedes conseguir la misma bola de nieve —agrega la tía Myrtle, mirando a Danielle con cariño.

—Me dieron esa bola de nieve en Nueva York, en la fiesta del coro —dice Danielle.

Gavin revolea los ojos. No cree ni por un minuto que Danielle siga triste por la tonta bola de nieve. Gavin está seguro de algo: ella está feliz porque él está en problemas. Mira a Carlotta. Parada sobre sus patitas cortas, da vueltas y más vueltas sobre el edredón doblado. Sería mucho mejor si fuera un verdadero perro, grande, que pudiera ser un amigo de verdad. Bueno, al menos, Carlotta lo ignora y no le lanza miradas horribles y amenazadoras, por ahora.

○ ○ ○

Cuando Gavin entra al aula de su nueva escuela, la Primaria Carver, ve que su maestra, la señora Shelby-Ortiz (quien desconoce lo genial que es él con las tablas de multiplicar, el fútbol y la patineta) ha elegido *Problemas, problemas, problemas* como tema de debate de la mañana. Él lo mira. Luego piensa en los dos apellidos de la señora. Shelby-Ortiz. Gavin había escuchado a Deja, una de las niñas mandonas, explicar a su amiga Nikki que hoy en día a las mujeres modernas, las mujeres de vanguardia, les gusta conservar sus propios apellidos, los apellidos con los que crecieron. Hoy, había dicho Deja, las mujeres no están obligadas a llevar el apellido de sus maridos, y eso es lo que ella va a hacer. Cuando crezca, conservará su propio apellido. O lo pondrá junto al de su marido, como la señora

Shelby-Ortiz. Gavin no sabe si le gusta esa Deja. Le recuerda mucho a su hermana, Danielle.

Otros niños también observan el tema de debate de la mañana. Richard, la causa de los problemas de Gavin, ni siquiera se molesta en mirarlo. Gavin ve que está jugando con algo de goma en su escritorio. Danielle diría que Richard es un cabeza de chorlito. Como se sienta detrás de él, Gavin puede ver la cantidad de juguetes que Richard trae a la escuela.

La señora Shelby-Ortiz parece contenta con el tema que propone. Sonríe alentando a todos los estudiantes que se preparan para escribir.

—Elegí este tema porque me di cuenta de que la vida es como las matemáticas. ¿En qué sentido se parece a las matemáticas, alumnos?

Ay, no, piensa Gavin. Espera que no empiece a preguntar a los niños y luego le pregunte a él. Porque él realmente no sabe en qué sentido la vida se parece a las matemáticas.

—Dos puntos para la mesa del alumno que me diga en qué sentido la vida se parece a las matemáticas.

La señora Shelby-Ortiz organiza a la clase en equipos de cuatro escritorios, a los que llama mesas. Compiten toda la semana. Cada viernes, la mesa ganadora recibe una estrella dorada en el Pizarrón de los Ganadores. A fin de mes, los alumnos de la mesa ganadora meten sus manos en la caja de las sorpresas y sacan una recompensa. Y no son cosas aburridas como lápices y gomas de borrar; son diferentes tipos de premios, como pequeñas lupas, caleidoscopios de bolsillo y juegos de tres en línea en miniatura.

Las manos comienzan a agitarse en el aire. De repente, Gavin sabe exactamente por qué la vida se parece a las matemáticas. Está seguro de que la mayoría de las respuestas de los otros niños no tendrán sentido. *Varios* alumnos ni siquiera tendrán una respuesta, pero de todos modos levantan la mano. Más vale que ponga fin a esto ya mismo. Levanta también la mano, pero la señora Shelby-Ortiz está dando el turno para responder a algunos cabezas de chorlito.

—¿Porque le lleva trecientos sesenta y cinco días terminar un año? —grita Ralph.

La señora Shelby-Ortiz mira a Ralph durante un tiempo.

—Nooo —dice ella lentamente, frunciendo un poco el ceño. Luego mira a Richard, quien

inusitadamente está levantando la mano con una expresión serena en el rostro. Ella lo llama y ladea la cabeza, desafiante.

—Porque todo el tiempo debes resolver problemas, como en matemáticas.

Gavin se desanima. Eso es justo lo que él iba a decir. Y creía que era el único que lo estaba pensando.

La señora Shelby-Ortiz está muy contenta.

—Correcto, Richard —dice, radiante—. Es exactamente eso, alumnos. Piénsenlo. En la vida, resolvemos un problema tras otro. Nadie tiene una vida sin problemas. Quiero que piensen en un problema que tienen en este momento y cómo planean resolverlo. ¿Algunas ideas antes de comenzar a escribir? —Mira a todos sus alumnos. Gavin mira a su alrededor también. Algunos niños siguen sin entender mucho. Otros están ansiosos por comenzar.

—¿Quién quiere empezar?

La presumida de Antonia levanta la mano. La señora Shelby-Ortiz le da la palabra.

—Sí, Antonia.

—Tengo un problema que debo resolver.

—Adelante. Cuéntanos cuál es.

—Mi abuela vendrá de visita. Siempre me trae un regalo que... —Hace una pausa mientras busca las palabras adecuadas—. No me gustan sus regalos. *Jamás* me regala cosas que me gusten. Quiero pedirle que no me compre el regalo, y que, en cambio, me dé el dinero que hubiera gastado.

Gavin ve cómo el rostro de la señora Shelby-Ortiz pasa de una expresión de interés a una de sorpresa. Separa los labios, atónita.

—Antonia, eso sería de mala educación. Nadie hace un regalo para causar descontento o infelicidad. Cuando una persona te hace un regalo, está tratando de hacerte feliz. Si tú le dices eso, tu abuela pensará en todos los regalos que te compró a lo largo de los años y pensará que quizás no te ha gustado ninguno. No puedes solucionar tu problema hiriendo los sentimientos de otra persona.

Gavin no puede interpretar qué es lo que piensa realmente Antonia. Parece pensativa, como si planeara no seguir el consejo de la señora Shelby-Ortiz, como si planeara continuar con su propio plan.

Probablemente Antonia está pensando que ella, Antonia, sabe más.

—Alumnos —dice la señora Shelby-Ortiz—, estoy segura de que saben qué quiero que hagan, así que comencemos.

¿Por qué los maestros siempre dicen "comencemos" y "nosotros" y "nuestro" como si también tuvieran que hacer la tarea si no la harán?, piensa Gavin. Es una duda que tiene. Abre su diario, que tiene un montón de páginas en blanco porque es nuevo en la escuela. En la tapa está su nombre escrito por la maestra con prolijas letras de imprenta. Coloca la fecha en la esquina superior derecha de la página como la señora Shelby-Ortiz ha indicado a la clase. Claro que algunos niños necesitan que les indiquen eso todos los días. Gavin también reflexiona sobre ellos. Luego se mete de lleno en el tema:

Tengo un problema. El comienzo de este problema ni siquiera fue mi culpa. Fue culpa de este otro chico, Richard. El sábado, me metió en problemas. Rompió la bola de nieve especial de mi hermana, y ahora tengo que pasear a esa perra horrible para conseguir dinero para pagarla. Ella ni siquiera puede conseguir una igual porque se la dieron en Nueva York, no aquí. Ahora debo pasear a esta horrorosa perra todos los días. Una perra que todo el día tiene cara de mala, muestra los dientes y me mira como si quisiera

morderme. Debo estar con esta perra todo el día.
Es demasiado. Y mi tía, en realidad la tía de mi papá,
probablemente me dará tan solo un dólar por todo mi
trabajo. Desearía que este fuera el último problema de
mi vida, pero seguramente no lo será.

Gavin relee lo que ha escrito. Le gusta. Termina a tiempo. La señora Shelby-Ortiz indica a la clase que deje de escribir. Pide a una niña llamada Rosario que recoja los diarios. Como sabe que la maestra lo va a leer, lo repasa mentalmente. Sí, se decide. Le gusta lo que ha escrito. Lo entrega con orgullo.

○ ○ ○

—¿Estás en problemas? —pregunta Richard mientras caminan a la zona de sock-ball en el patio.

—Sí, estoy en problemas. Ahora debo cuidar a la perra de mi tía abuela para ganar dinero para dárselo a mi fastidiosa hermana.

—No es tan grave —dice Richard.

—No para ti —dice Gavin.

—Pero yo dije "atrápala".

Gavin no entiende por qué Richard sigue repitiendo eso.

—Dijiste "atrápala" mientras la estabas lanzando. No tuve tiempo de levantar las manos.

—Bueno, ¿puedes ir a andar en patineta luego de la clase?

—Te dije: debo pasear a la perra de mi tía abuela.

—¿Qué es una tía abuela?

—Es la tía de tu madre o de tu padre.

Richard piensa un momento.

—Entonces debe ser muy vieja, ¿no?

—Sí, es bastante vieja —dice Gavin.

—Ya sé —dice Richard—. Te ayudaré.

Gavin lo piensa. ¿Cuánto podría ayudar Richard? No mucho, decide, pero, de todos modos, no le vendría mal su compañía.

—Bueno —dice—. Ven a mi casa a eso de las cuatro. —Gavin piensa tomar su bocadillo antes de sacar a Carlotta. Siempre regresa a casa muerto de hambre.

Cuatro
Primer día de trabajo

Al acercarse Gavin caminando despacio a la puerta de su casa, la puerta se abre, y allí está parada la tía Myrtle con la Reina Carlotta en brazos, toda emperifollada con un gran moño de satén rosa que está enganchado, de alguna manera, en el pelaje que tiene en la cabeza. Lleva un pequeño suéter tejido y un collar brillante con su nombre. No habrá forma de pasear a esta tonta perra sin que se rían de él. Es nuevo en el vecindario. ¿Cómo saldrá la experiencia? No hay manera de que salga bien.

—Te esperamos hace cuarenta minutos —dice la tía Myrtle, de inmediato—. ¿Estabas holgazaneando? —En primer lugar, Gavin no está seguro de saber qué significa *holgazanear*. Supone que significa andar por ahí, perdiendo el tiempo.

—No, tía Myrtle. Vine directo a casa.

Se hace a un lado para dejarlo pasar. Se da cuenta de que está enojada. Incluso la chucha, como Gavin le dice, emite un rápido y desagradable ladrido de protesta.

—Bueno, Carlotta ya está lista para su paseo. Te explicaré algunas cosas. —La tía Myrtle se da vuelta y camina por el pasillo hacia la cocina. Gavin se pregunta dónde está su madre. Probablemente en la tienda. Luego la tía Myrtle suelta a Carlotta de sus brazos; de inmediato la perra comienza a ladrar y corre en círculos alrededor de los tobillos de Gavin. Él trata de salirse de su camino antes de sentir los primeros mordiscos.

—¡Carlotta! —dice la tía Myrtle—. ¡Sentada! —Carlotta se apoya sobre la panza, pero luego comienza a correr sigilosamente hacia Gavin, quien va rápido al otro lado de la mesa. *Debe ser una perra endemoniada*, piensa.

—Mira —dice la tía Myrtle—. Esta es la correa de Carlotta. Carlotta es una perra muy buena. Ha recibido un entrenamiento especial. —Carlotta ha dejado de corretear y ahora parece querer limpiarse la nariz con su lengua rosada—. Pero siempre llévala con la correa. Debes llevarla al parque y luego traerla de regreso. Eso debería ser suficiente. —La tía Myrtle busca en el bolsillo de su suéter y saca una bolsa de plástico. Se la entrega a Gavin.

—¿Para qué es eso? —pregunta él.

—¿Para qué va a ser? Es para cuando Carlotta hace su asunto.

—¿Su asunto? —Gavin tiene un mal presentimiento. Hay algo en esas palabras, su asunto, que a él no le gusta.

—Cuando ella hace el número dos.

—¿Número dos? —repite Gavin, arrugando la cara.

—Sí, el número dos. Para eso la sacas. Para que pueda hacer su asunto. —La tía Myrtle asiente breve pero vigorosamente.

¿Número dos? ¿Dónde está mamá?, Gavin se pregunta otra vez. ¿Por qué no está ella aquí para rescatarlo?

—Número dos va en esta bolsa de plástico; cuando regreses, puedes tirarla en el bote que está afuera.

—Sí —dice Danielle, deslizándose en la cocina. Va al refrigerador y saca un cartón de yogurt—. Asegúrate de no arrojarla en el bote de basura de la cocina. —Sonríe a Gavin con falsedad, hace una pirueta y se retira tan rápido como entró.

La tía Myrtle ha sujetado a la Reina Carlotta con su correa. Se la entrega a Gavin y lo hace caminar de un lado a otro hasta estar satisfecha de que puede asumir la responsabilidad. Luego le da una lista de instrucciones.

—Lee en voz alta las instrucciones que escribí para ver si entiendes cómo pasear a Carlotta.

La tía Myrtle ha escrito las instrucciones en cursiva. Gavin recién empezó a aprender cursiva a comienzos del año. La señora Shelby-Ortiz a menudo debe reescribir las cosas en imprenta porque muchos niños todavía tienen problemas para leer la cursiva. Además, la letra de la tía Myrtle es puro garabato.

—Adelante —dice la tía con voz impaciente.

—Tu letra es... difícil de leer.

—Oh, ¡Santo Dios! —se lamenta resoplando la tía Myrtle—. Ahora, escucha con atención. Número uno: Esta es una correa retráctil. No debes llevar a Carlotta con la correa muy larga ni muy corta. Mejor es dejar que esté un poquito floja.

Gavin no tiene idea qué significa eso, pero no va a pedir que le explique. Solo quiere terminar con esta tarea lo más rápido posible.

—Bien —dice.

—Número dos: Si ves otro perro —digamos un perro grande que parezca peligroso— debes proteger bien a Carlotta, incluso si debes alzarla. —La tía mira a Gavin con recelo—. ¿Entiendes?

—Sí, tía Myrtle. —En realidad, no sabe qué hará en una situación así, pero asiente.

—Número tres: Pasea a Carlotta durante treinta minutos. Debes estar atento al tiempo con tu reloj. Cuando hayas caminado quince minutos en una dirección, es hora de dar vuelta y regresar a casa. No quiero estar aquí, sentada preocupada.

—Sí, tía Myrtle —repite, preguntándose cuánto más falta.

—Ahora, ven a la mesa.

En el medio, hay un bol de frutas. La tía Myrtle toma una manzana y la coloca sobre la mesa.

—Dame esa bolsa de plástico.

Gavin se la entrega.

—Así es cómo recoges el asunto de Carlotta.

Gavin frunce la cara al ver la manzana. Luego mira a Carlotta, que está ocupada olfateando el piso cerca de la mesa buscando migas. Gavin siente que el horror aumenta. Nunca había pensado en Carlotta yendo al baño... *de esa manera*.

La tía Myrtle continúa con la lección.

—Ahora, esto es lo que debes hacer. —Coloca la mano en la bolsa y luego la pone sobre la manzana. Levanta la manzana, la sostiene en alto, luego jala la bolsa de adentro hacia afuera tomando el borde superior con la otra mano. Le da una vuelta al borde superior y luego hace un nudo—. Simple —dice—. Y lo exige la ley.

¡Para nada simple!, se lamenta por dentro Gavin. Tendrá arcadas. Sabe que las tendrá.

—Y asegúrate de que pase bastante tiempo olfateando. Los perros necesitan olfatear. Aun si debes estar fuera más de treinta minutos.

La tía Myrtle lo empuja para que salga, luego se queda parada en la ventana mirándolo. Él puede sentir sus ojos en la nuca. Ve a Richard que se acerca. Qué alivio. Ya que es por culpa de Richard que está en este lío, quizás Richard pueda ocuparse del *trabajo sucio.*

—Vamos —dice Gavin a la horrible perra que está a su lado.

Es casi imposible pasear a Carlotta con ese suéter de encaje y ese moño. O se adelanta corriendo, tirando de la correa, o se detiene a olfatear algo en el jardín de algún vecino. Justo a mitad del camino, que recorren a un ritmo casi decente, debe retroceder y olfatear algo que puede habérsele escapado. ¿Por qué los perros olfatean tanto?, se pregunta Gavin. Richard no es de gran ayuda. Tiene la cabeza en el nuevo videojuego con el que jugó en casa de Carlos. Le cuenta a Gavin sobre el juego. En un momento, le sugiere:

—Deberías haber traído golosinas para perros o algo así. —Gavin suspira al escuchar el consejo inútil.

A veces, Carlotta sale disparada en círculos, y enrosca su correa en las piernas de Gavin.

—Amigo, esa perra está loca —dice Richard con la boca llena de papitas. Observa a Gavin desenredándose. Si fuera por Gavin, en este momento estaría en casa comiendo su bocadillo especial: galletas de trigo con mermelada de uvas. Diez galletitas de trigo con mermelada de uvas y un vaso grande, frío, de leche chocolatada. Se le hace agua la boca de solo pensarlo.

—¿Quieres unas papitas? —pregunta Richard, ofreciéndole de la bolsa. En ese momento, ve la bolsa de plástico en la mano de Gavin—. ¿Eso para qué es?

—Para el asunto de Carlotta.

—¿Su qué?

—Cuando va al baño.

—¿Hace en esa bolsa?

Gavin mira a Richard, sorprendido. Trata de imaginar qué estará pensando Richard. La imagen es ridícula.

—No, Richard. Tengo esta bolsa para cuando Carlotta vaya al baño en el césped de alguien. Recojo con una mano en esta bolsa y luego arrojo la bolsa al bote que está afuera cuando regreso.

Richard lo escucha, pero no reacciona. De repente, grita:

—¡Puaj! —Mira a Gavin, con los ojos enormes—. ¡Puaj! ¿Debes hacer eso?

—Lo exige la ley —dice Gavin con seriedad.

Richard mira a Carlotta, que da saltos y jala de su correa.

—¡Uf! —dice.

Gavin mira de abajo hacia arriba a los tres niños de quinto grado que están al final de la calle. Vienen hacia ellos. Es Darnell, hermano mayor de Richard, con dos de sus amigos, Gregory Johnson y ese grandote que tiene un apellido por nombre, Harper, demasiado grandote para estar en quinto grado. Es otro de los nuevos alumnos; alguien dijo que estuvo en tercer grado dos veces. Hay algo en él que a Gavin no le gusta.

Quizás no se crucen con nosotros, espera Gavin. Los niños

mayores caminan muy despacio. Cada tanto se detienen para simular un juego de básquetbol imaginario.

Gavin mira de nuevo a Carlotta. Se quiere morir al ver el moño rosa, el suéter y el collar brillante. La situación no podría ser peor.

Además, tiene una correa rosa en una mano y esa bolsa de plástico en la otra. Cualquiera que tenga perro sabrá para qué es eso. Sería genial que la calle se abriera en este momento para que él pudiera meterse en un túnel subterráneo. Siente carcajadas que se acercan.

—Ey —dice Richard—. Ahí está Darnell con los chicos.

Gavin se da vuelta y jala de la correa para cambiar de dirección.

—Vamos por acá —dice, pero Richard ya está moviendo las manos sobre la cabeza como un referí en un campo de fútbol americano y llamando a su hermano.

—¡Ey! ¡Darnell!

—Ay, no. No, no, no —dice Gavin entre dientes al ver que la atención de los muchachos de repente se centra en ellos. Los ve detenerse y comenzar a señalar y a reírse. Parece que olvidaron el partido de básquetbol imaginario. Caminan hacia

Gavin, Richard y... Carlotta. Si tan solo pudiera desaparecer. Por supuesto, Richard no se da cuenta. Está ocupado haciéndoles gestos.

—¿Qué están haciendo, chicos? ¿A dónde van?

De repente, Carlotta corre con velocidad alrededor de Gavin hasta que casi lo vuelve a enrollar con la correa. Esto hace que los tres chicos grandes rían todavía más.

—¿Es tu perra? —Darnell le pregunta a Gavin, codeando a Harper.

—No, es de su tía —dice Richard, observando cómo Gavin lucha por desengancharse de la correa.

—¿Qué clase de perra es? —pregunta Darnell. Hace una mueca de desprecio con la boca—. ¿Y por qué le pusiste ese moño en el pelo?

—Yo no le puse ese moño en el pelo —dice Gavin, horrorizado porque alguien pudiera pensarlo. Acorta la correa, y Carlotta forcejea. Luego, por supuesto, comienza con su aullido agudo y molesto. —Es una pomerania —agrega Gavin.

—¿Por qué tienes una *pomerania*? —pregunta Darnell con el ceño fruncido.

—¿De qué sirve una *pomerania*? Es como si ni siquiera fuera un perro real.

—*No* es mi perra —dice Gavin y siente el calor en la cara—. Solo debo pasearla.

—Y recoger caca de perro —agrega Darnell, mirando la bolsa de plástico. Comienza a reír, muy fuerte, hasta que sus amigos se suman.

Richard comienza a reír también. Richard, quien se supone es amigo de Gavin. Gavin decide ignorarlos y continúa caminando. Va hacia Marin, pero puede escuchar sus voces burlonas mezcladas con risotadas a sus espaldas mientras avanza por la calle.

—¡Ey!, ¡Gavin! ¿A dónde vas? —grita Darnell—. Vuelve. ¡No queríamos herir tus sentimientos! —Pero apenas Darnell lo dice, explota a carcajadas otra vez.

Luego el tal Harper dice:

—Lo entendemos. ¡Es inevitable si amas a tu pequeña pomermaníaca! —Todos estallan a carcajadas por el chiste: Darnell, Gregory Johnson y Richard. Harper es el que ríe más fuerte.

Gavin continúa caminando. El gesto de su boca indica que está decidido a ignorar las risas.

Cuando gira hacia Marin, las voces por fin desaparecen.

Solo están él y Carlotta. Richard ha desaparecido con los chicos de quinto grado.

○ ○ ○

Por suerte para Gavin, hasta ahora, Carlotta no ha hecho "su asunto" en ningún jardín ajeno. Además, caminar por Marin es bastante agradable. Hay una tienda de bicicletas con grandes motos alineadas en la acera. Luego hay una tienda de donas de donde sale un aroma exquisito. Mañana traerá dinero y comprará un par, luego las comerá frente a Danielle y la hará babearse de ganas. Espera ese momento con ansiedad. Luego hay una tienda de hobbies, con muchas cosas interesantes en el escaparate. La pequeña Señorita Carlotta camina brincando, muy feliz, según parece, y Gavin piensa, *No está tan mal.* Pasan por una cafetería. Algunos de los clientes están sentados en las mesas afuera, tomando sus bebidas, conversando o simplemente mirando lo que ocurre en Marin.

No está nada mal. Cuatro días más y habrá ganado el dinero para la bola de nieve de Danielle. El tío Vestor habrá regresado de su conferencia, y todo volverá a la normalidad. Ya no estará la tía Myrtle vigilando su plato para ver si ha comido todos los repollitos de Bruselas o los guisantes o las hojas de nabo.

Pasan por la tienda Las Maravillosas Pelucas de Wendy con su estrafalaria exposición de pelucas en un puesto fuera de la tienda. Rubias, pelirrojas, morenas y de color negro azabache. De repente, Carlotta comienza a hacer ese sonido grave con la garganta, que hace cuando tiene planes de portarse mal. Gavin tiene un mal presentimiento. Sujeta la correa con más firmeza para anticiparse a... ¿qué? No lo sabe. Mira a Carlotta. Algo en el modo en que ella jala la correa lo atemoriza. Debe alejarse de Las Maravillosas Pelucas de Wendy. Algo en ese lugar la está perturbando. Podría cruzar la calle, pero no, está muy lejos del semáforo de la esquina. Sería peligroso.

Decide ir en la dirección opuesta, pero Carlotta tira hacia el frente, usando todo su cuerpo hacia adelante con sorprendente fuerza. La correa se suelta de su mano, y Carlotta sale en una carrera enloquecida hacia el exhibidor de pelucas. Sin poder hacer nada, Gavin la observa saltar hacia una peluca rubia que tiene la forma del pelo de Moe de *Los tres chiflados*. Carlotta lanza un gruñido grave mientras sacude la peluca con fuerza.

—¡Detengan a ese perro! —chilla una voz detrás de Gavin. ¿Es Wendy de Las Maravillosas Pelucas de Wendy? Ella sale bamboleándose en los tacones más altos que Gavin haya visto en su vida. Levanta los brazos hacia el cielo y da saltitos con sus altísimos tacones.

—¡Detengan a ese perro! —repite; luego mira alrededor en busca de ayuda. Sale el carnicero de la tienda vecina. Mientras Gavin observa, sin saber qué hacer, el carnicero toma un extremo de la peluca y comienza a jalar, pero Carlotta está aferrada. Levanta sus labios y muestra los dientes apretados con fuerza sobre la peluca y se aferra, con furia. Gavin no sabía que Carlotta podía ser tan fuerte... y obstinada. Sabe que debe hacer algo, pero solo puede quedarse parado, mirando.

Por fin, con un fuerte tirón, el carnicero suelta la peluca y la sostiene en alto, fuera del alcance de Carlotta. Gavin logra agarrar la correa y enrollarla justo cuando Carlotta salta hacia la peluca otra vez.

—¡Ese perro es peligroso! —grita la señora de

las pelucas. Está parada, y sostiene la cabeza como si tuviera una terrible jaqueca—. ¡No debería salir si no lo pueden manejar!

—Lo lamento mucho, señora. No sabía que no le gustaban las pelucas. Hoy es el primer día que la paseo. Ni siquiera es mi perra.

Al decirlo, Gavin acorta la correa todavía más. Carlotta lucha y se resiste. Casi debe arrastrarla de la tienda y su llamativo puesto de pelucas. Mientras continúan por la calle, Carlotta jala para regresar a Las Maravillosas Pelucas de Wendy, como si quisiera volver a atacar a esa peluca rubia. El final de la cuadra pareciera estar a millas de distancia. Gavin escucha las quejas de la señora de las pelucas hasta que, por fin, dobla en la esquina en dirección a su casa.

Entonces, como si eso no hubiera sido suficiente, la Reina Carlotta comienza a ladrarle a un gran labrador que está durmiendo a la sombra de un olmo en un jardín cercado. Seguro sabe que el perro no podrá atacarla, porque se vuelve feroz, muestra los dientes, gruñe y ladra fuerte, y jala en dirección al labrador hasta que el perro grande empieza a correr, furioso, en todas las direcciones, del otro lado de la cerca, con su ladrido frustrado.

—¡Basta! —grita Gavin mientras jala—. ¡No molestes a ese perro! —Carlotta continúa demostrando su bravura y jala en dirección opuesta. En ese momento, Gavin decide que ya ha sido suficiente. La alza y prácticamente corre el resto del camino a casa.

Por supuesto, la tía Myrtle está en la puerta esperándolo.

Tiene el ceño fruncido y la mano sobre el pecho.

—Estaba muy preocupada —dice casi sin aliento—. Te recuerdo que debías pasearla treinta minutos en total. Han pasado más de cuarenta minutos.

Gavin siente que se le cae el alma a los pies. No ve mucha diferencia entre treinta y cuarenta minutos. Además, ¿no le dijo la tía Myrtle que diera a Carlotta suficiente tiempo para olfatear?

En ese momento, la tía Myrtle detecta la bolsa vacía en la mano de Gavin.

—¿Vuelves con la bolsa vacía? Deberías haberte quedado más tiempo.

Gavin mira a su tía abuela. Abre la boca para hablar, pero no se le ocurre qué decir. Nada que diga podrá ayudarlo.

Cinco
¿Dónde está el masca-masca de Carlotta?

Tan pronto como Gavin llega al patio de la escuela la mañana siguiente, ve a Richard en la cancha de básquetbol jugando al uno a uno con su hermano Darnell. Gavin camina hacia el otro lado, en dirección a las canchas de balonmano. Cuando llega, se sienta en el banco y mira el juego. Está un poco molesto por la falta de lealtad que mostró Richard la tarde anterior. Todavía puede escuchar sus carcajadas. Quizás no le dirija la palabra por un tiempo. Quizás busque un nuevo amigo. Mira hacia la cancha de básquetbol y suspira.

Richard lo capta su atención y lo saluda, pero Gavin se queda quieto como si no lo hubiera visto. Richard arroja la pelota a su hermano y corre hacia la cancha de balonmano. Se monta sobre el banco donde está sentado Gavin y apoya el codo sobre la rodilla.

—¿Qué pasa? —pregunta Richard.

Gavin mira a lo lejos a través del patio.

—Nada.

—¿Cómo es que estás aquí en vez de estar jugando con nosotros?

—No tengo ganas.

Richard observa a Gavin, y luego dice:

—Parece que estuvieras molesto por algo.

—¿Por qué estaría molesto?

—¿Es porque no terminé de pasear esa perra contigo? Tenía que irme.

—Seguro.

—En serio. Tenía tareas que hacer en casa.

Gavin se encoge de hombros. Suena el primer timbre. Todos se quedan quietos en su lugar. Excepto Harper. Está ocupado jugando con el pie con una pelota de básquetbol. *Hay chicos que deben romper las reglas sin importar lo que pase,* piensa Gavin. Cuando suena el segundo timbre, Gavin se levanta y camina hacia la fila de la Sala Diez. Richard va detrás.

—¿Puedes pedir permiso para venir a la pista de patinetas? —pregunta Richard mientras bajan la escalera a los saltos a la salida. Ha estado muy simpático con Gavin durante todo el día, incluso le dio su pudín en el almuerzo. Gavin está un poco menos enojado—. Voy corriendo a casa, tomo mi patineta y algo para comer, y luego voy al parque de patinetas con Darnell y sus amigos —agrega Richard.

—Debo pasear a Carlotta. ¿Recuerdas? —dice Gavin, molesto por tener que recordárselo a Richard.

—Ah, sí —Richard parece reflexionar sobre el tema—. ¿Y luego de pasear a Carlotta?

—A esa hora debo hacer mis tareas. Ya veré.

Entonces, mientras regresa a casa —solo, ya que Richard se ha ido corriendo al parque a reunirse con su hermano y los amigos de su hermano— Gavin ensaya cómo le preguntará a su mamá. No tiene ninguna esperanza. Su madre suele ser bastante estricta con la tarea.

Pero en cuanto a Carlotta, el plan ya está armado. *Ni se acercará* a esa tienda de pelucas. Se le ocurre una idea, un plan incluso mejor y que incluirá su obligación con ese demonio peludo y, al mismo tiempo, será divertido para él. Después de todo, no es su culpa que se haya roto la bola de nieve de Danielle. Es cierto que no debía haber entrado en su cuarto, pero, bueno, ella no debería esconder golosinas en su cuarto para tentarlo. Cualquiera se tentaría. ¡Cualquiera!

Gavin sube los escalones del porche casi brincando, ansioso por dejar su mochila en la escalera y correr a la cocina a prepararse un bocadillo. Incluso recordará lavarse las manos. Entonces, cuando su madre le diga "No olvides lavarte las manos", podrá decir "Ya lo hice". Le encanta anticiparse a su mamá.

"Pon tu mochila en el último escalón, fuera del camino", repite ella todo el tiempo. "Ya lo hice", podrá decir esta vez. Pero ahora que la tía Myrtle está aquí, de pronto, su madre parece tener muchas cosas que hacer fuera de casa, mucho trabajo voluntario y cosas así. Y su papá vuelve a casa recién a las seis. Eso deja a Gavin a merced de Danielle y de la tía Myrtle. ¡Qué dúo!

Todavía está imaginándose cómo será su bocadillo, cuando la puerta se abre y la tía Myrtle aparece con Carlotta en brazos antes de que él pueda siquiera subir los escalones del porche.

—Ahí estás —refunfuña—. Tú toma a Carlotta y yo tomaré tu mochila. —Coloca a Carlotta en el porche, ya con su correa rosada lista. Gavin le entrega la mochila y toma la bolsa de plástico y la correa. Por segundo día consecutivo, no puede comer sus galletas de trigo con mermelada de uva. A veces piensa que los adultos olvidan que los niños también tienen sentimientos. ¿Le gustaría a la tía Myrtle tener hambre y que alguien le diera una enorme tarea antes de que pudiera siquiera comer? Probablemente no le gustaría para nada.

—Ah —dice la tía Myrtle, mientras saca un hueso de cuero crudo de su bolsillo—. No olvides el masca-masca de Carlotta.

—La tía Myrtle frota el hocico de Carlotta con el pequeño hueso con el que Carlotta siempre juega o al que siempre está atacando con sus pequeños dientes filosos. Es su objeto favorito, según la tía Myrtle—. Si se desvía para olfatear, atráela con esto.

Gavin toma el mugriento objeto, tratando de no pensar en toda la baba de perro seca con la que seguramente está cubierto. No ve las horas de que termine la semana.

—Está bien —se dice, por lo bajo, mientras camina tranquilamente desde la puerta de entrada de su casa hacia la acera. Tiene un plan.

—Tía Myrtle —dice, deteniéndose en la acera y mirando

hacia atrás—, ¿puedo extender un poco el paseo de Carlotta? Creo que le encanta pasear.

La tía Myrtle entrecierra los ojos y frunce los labios mientras piensa.

—Supongo que está bien, pero no más de una hora.

—Sí, señora —dice Gavin. Oye la puerta que se cierra detrás de él, y en vez de caminar por la avenida Willow, su propia calle, sube por la entrada del auto hasta el patio trasero. Allí están su patineta y su casco, apoyados sobre el costado de la casa. No puede tomar sus rodilleras y sus coderas porque están arriba, en su cuarto. Tendrá que arreglárselas sin ellas. No piensa permitir a la Señorita Carlotta la Pesadilla que arruine su vida.

Lástima que no se le ocurrió esto ayer. Se siente bastante bien con la patineta bajo el brazo, el casco colgando de la mano libre y Carlotta brincando a su lado. En verdad, ella se está portando realmente bien. Gavin cree que le encantará el parque. Tal vez ella percibe su entusiasmo y está entusiasmada también. Una vez leyó que se cree que los perros son sensibles, que pueden percibir los estados de ánimo y esas cosas.

En cuanto ve la pista de patinetas cercada con sus escarpadas pendientes, sus paredes curvas y sus escaleras y barandillas y bordes circulares, el corazón de Gavin se agita con impaciencia. Sus pies no ven la hora de subirse a la patineta, pero primero debe encontrar un lugar donde atar a Carlotta. No será tan terrible para ella. Carlotta disfrutará con solo ver las cosas divertidas que ocurren en el parque. Niños que corretean, perros con sus dueños en la pista para correr, partidos de fútbol. El plan de Gavin es quedarse treinta minutos, no más. Diez minutos hasta llegar allí, treinta minutos en el parque, diez minutos para regresar a casa. Otro día menos, cuatro dólares en su cuenta. Mira alrededor. No lejos de allí ve los racks para dejar las bicis. Está a tan solo diez pies de la pista de patinetas. Perfecto.

Gavin lleva a Carlotta hasta el rack, pero cuando están a unos tres pies de distancia, ella comienza a resistirse. Es como si supiera que allí termina su diversión. Es como cuando su madre lo va a buscar a la escuela y él presiente algo extraño. Su madre espera hasta que él esté en el auto para decirle: "Ah, tienes turno con el dentista. Y ahí vamos ahora". Entonces él va todo el tiempo pensando en el pinchazo en la boca.

Jala de la correa de Carlotta hasta que logra acercarla al rack. La ata alrededor del poste y luego hace un doble nudo. Jala hasta que está firme. Mientras tanto, Carlotta da pequeños saltos y jala; intenta soltarse. Él recuerda su masca-masca y lo saca del bolsillo tomándolo solo con el pulgar y el índice. Es tan asqueroso que lo mantiene lejos. Imagina que alguna vez fue blanco. Ahora es de un color gris mugriento con manchas oscuras que Gavin supone que es baba vieja. Gavin lo sacude frente a la nariz de Carlotta; odia tocar esa cosa. Ella lo olfatea, pero luego mira a Gavin con grandes ojos tristes. Él se da vuelta y ve a Richard en un banco justo dentro de la cerca del área de las patinetas que la separa del resto del parque. Carlotta empieza con sus ladridos, y el sonido lo sigue mientras se aleja rápidamente de allí.

Richard levanta la mirada; le sonríe sorprendido.

—Pensé que tenías que pasear a la perra.

Gavin sonríe con picardía y señala a Carlotta, que está sentada con su masca-masca.

—Solo puedo quedarme un ratito. ¿Por qué no estás andando en patineta?

—Porque ese Harper tiene mi patineta. Dijo que la usaría solo cinco minutos, y ya pasaron más de cinco minutos.

Gavin observa a los patinadores hasta que ve a Harper con la patineta de Richard y a Darnell con la suya. Entrecierra los ojos, todavía un poco molesto por lo del día anterior. A Gavin definitivamente no le gusta Harper. De hecho, cree que Harper fue quien inició las burlas en su contra.

—¿Ese chico es amigo de tu hermano?

—Algo así. Están en la misma clase, y siempre quiere ir a donde sea que vaya Darnell y hacer lo que sea que Darnell y sus amigos estén haciendo. Vino de otra escuela. Apuesto a que lo echaron.

—¿Es verdad que fue a tercer grado dos veces?

Richard se encoge de hombros.

—Puede ser.

—Bueno, podemos compartir mi patineta. Podemos turnarnos.

Gavin se coloca el casco. Sube a la parte superior del primer hueco y espera a que uno de los chicos grandes baje por la pared curva, hace un giro de talones, se impulsa contra la pared curva opuesta, y luego salta sobre la barandilla larga de las escaleras. El chico más grande se desliza hacia abajo como un campeón de la patineta y aterriza suavemente en su patineta, agachado y en posición. Va de un lado al otro, arriba y abajo, por la pared curva y luego a la opuesta. Es como si pudiera pasarse la vida haciéndolo.

Gavin solo puede patinar por las paredes curvas. Por ahora. Se ajusta el casco, y cuando es su turno, salta en su patineta y se desliza por las paredes curvas de un lado al otro. Es hermosa la sensación de libertad... Le encanta. Todavía debe aprender todos los trucos que ve hacer a los chicos más grandes. En cuanto no tenga más el trabajo de cuidar a la perra...

Unos minutos después, se detiene y le lleva la patineta a Richard. Mira a Carlotta, que está encantada con su masca-masca. Por fin se ha calmado. Se la ve feliz.

—Toma —le dice a Richard al entregarle la patineta. Richard sonríe. Se coloca el casco y se va rápidamente. Gavin lo observa por un instante, luego vuelve a mirar a los patinadores más expertos. Puede aprender mucho con solo mirarlos.

De pronto, Gavin comienza a oír gemidos. Al principio, no presta atención. El parque está lleno de personas y de perros. Pero poco a poco, el gimoteo hace que olvide a los patinadores. Mira hacia donde está Carlotta y la ve corriendo de un lado a otro, jalando de su correa. Emite un gemido extraño, como si estuviera molesta por algo.

Gavin mira con más atención. No ve el masca-masca de Carlotta. Mira el suelo a su alrededor, pero no está a la vista.

¿Dónde está?

—Richard —dice—, debo ver qué le pasa a Carlotta. Algo no está bien.

Richard, que está en lo alto de una de las semicurvas y se prepara para saltar, lo mira y frunce el ceño.

—De todas maneras, debo irme —grita Gavin—. Deja la patineta en mi casa cuando regreses a tu casa.

—Bueno —le contesta Richard. Gavin sospecha que su mente ya está en la próxima maniobra.

● ● ●

Gavin busca en el césped alrededor de Carlotta mientras ella se pasea y gime. *Tiene que estar aquí,* piensa. Pero no está. ¿Quizás se lo llevó una ardilla? Observa a Carlotta y revolea los ojos. Por culpa de esta perra tonta, tuvo que interrumpir su diversión. Sin embargo, se siente un poquito apenado por ella. Gavin intenta acariciar a Carlotta para calmarla, pero no funciona. Ella se sigue quejando, y ahora está jalando de la correa. La deja atada al rack y empieza a buscar el masca-masca, examinando el césped a su alrededor mientras se aleja.

Da una vuelta a la cancha de fútbol sin suerte, luego se dirige al gran trepadero del patio de juegos. Tal vez alguno de los niños pequeños se lo llevó. Tal vez su madre o su padre descubrieron esa cosa inmunda en manos de su hijo y la tiraron en algún cesto de basura. Gavin busca en los cestos de basura que hay en el camino. Toma una ramita del suelo y revuelve la basura en cada uno. No encuentra el masca-masca. Podría revolver hasta el fondo, pero se está haciendo tarde y sabe que debe tomar a Carlotta y volver a casa. Puede imaginarse a la tía Myrtle esperando en el porche, refunfuñando y dando golpes impacientes con los pies.

Mientras va hacia el siguiente cesto camino al mangrullo, pasa corriendo un perro marrón grande y peludo. Sus colmillos están cerrados sobre algo que se parece al masca-masca de Carlotta. De hecho, ¡está seguro de que es el masca-masca de Carlotta! Es del mismo color beige sucio. Tiene las mismas puntas mordisqueadas... Cuanto más lo mira, más seguro está. Pero...

De pronto escucha que alguien grita:

—¡Ey, Yankee! Ven aquí.

Es un chico grande y alto que pareciera estar en la escuela secundaria, quizás incluso en la universidad. Lleva una sudadera con algún tipo de escudo escolar. Tiene una voz profunda y estridente.

—¡Ahora! —grita.

Obediente, el perro se detiene, le da una feroz sacudida al masca-masca, y trota de nuevo hasta el chico alto. El juguete de Carlotta todavía está atrapado en sus colmillos. El chico grande despeina cariñosamente a su perro y se inclina para atar la correa a su collar. Gavin debe recuperar el masca-masca. Inspira profundamente para juntar coraje y avanza hacia el muchacho de secundaria (o de universidad), quien levanta la vista cuando Gavin se acerca.

—Eh, eh... —comienza Gavin.

El chico se protege los ojos del sol de la tarde y lo mira, pero no dice nada.

—Eh... Tu perro...

—¿Sí? ¿Qué pasa con mi perro?

Gavin intenta descubrir si las palabras del chico son amistosas o no. Mira primero al perro, luego al dueño y nuevamente al perro.

—¿Qué quieres? —pregunta el dueño. Eso no le suena muy amigable a Gavin.

Traga saliva.

—Creo que tu perro tiene el... juguete de mi perra. —Gavin se alegra por haber dejado a Carlotta atada en la parte trasera del parque de patinetas, fuera de la vista. Le daría vergüenza que el chico pensara que Carlotta era *su* perra.

El chico mira el juguete.

—¿Por qué lo crees?

Gavin toma coraje y dice:

—Cuando llegamos al parque, mi perra tenía su... —No quiere decir *masca-masca*. Suena tonto— *juguete para mascar*. Quiero decir, cuando la até allá en el parque de patinetas, ella estaba jugando con él. Ahora no está. Y...

El chico alto observa a su perro. Parece estar pensando. Luego sonríe. No es una sonrisa amistosa.

—Ah... Yankee ya lo tenía. Es de Yankee.

Gavin no sabe qué decir. Sabe que el muchacho está mintiendo. Gavin lo observa mientras se aleja con su perro marrón grande a su lado. No es justo. El chico es más grande que Gavin. Es mayor. Y eso quiere decir una cosa. Las personas mayores, las más grandes, pueden decir grandes mentiras, y las personas chicas no pueden hacer nada.

Gavin regresa sobre sus propios pasos hacia Carlotta, que ahora salta y aúlla, e intenta correr para liberarse del poste. Se detiene y la observa un momento. ¿Cómo va a explicar que perdió su masca-masca? ¿Cómo? Puede imaginarse el rostro de la tía Myrtle cuando le diga que un perro, *un perro grande,* robó el juguete de Carlotta. Un momento, no puede decirle eso. No lo dejaría terminar de hablar. La tía Myrtle se pondrá a repetir una y otra vez que Gavin no ha hecho su trabajo, que no ha evitado que Carlotta perdiera su amado masca-masca. Seguramente se quejará ante su madre y su padre. Probablemente actuará como si él hubiera perdido un tesoro único valuado en tropecientos dólares. Danielle estará encantada. ¿Qué va a hacer? Mira a la quejosa Carlotta. Frunce la boca hacia un costado. No es una buena señal.

Gavin camina de un lado a otro. Puede sentir cómo su corazón late fuerte mientras piensa. Se le tiene que ocurrir alguna idea. ¿Pero qué? Por alguna razón, Carlotta deja de moverse y lo mira, como si ella también se preguntara qué es lo que él va a hacer. Desata la correa y emprende el camino a casa.

Al llegar, Gavin va directo al jardín trasero. Pasa rápido por la ventana de la cocina. Espera que la tía Myrtle no lo vea.

Necesita pensar. Se le tiene que ocurrir alguna idea. Pronto lo interrogará sobre el paseo de Carlotta. En ese momento, por supuesto, notará que falta el masca-masca.

—Dámela —dice la tía Myrtle, sorprendiendo a Gavin, quien había estado dando vueltas inquieto. Ni siquiera la había escuchado entrar al porche trasero. Gavin sube las escaleras y le entrega la correa.

—¿Cómo les fue? —pregunta la tía Myrtle.

Gavin huele algo desagradable que se está cocinando. Se le cae el alma a los pies.

—Estuvo bien —dice.

—¿Fue al baño?

Ay, no, piensa Gavin. Se había olvidado completamente de eso. Quizá fue al baño mientras estaba atada en el rack. Quizás no. No puede saberlo. ¿Debería decirle a la tía Myrtle una mentirilla? No puede decir tan solo que no sabe.

—Eh, creo que no tuvo necesidad —dice.

—¿Qué? ¿Otra vez? —La tía Myrtle mira a Carlotta con el ceño fruncido—. Tendré que cambiar su alimento.

—Sí, debe ser el alimento —dice Gavin.

La tía Myrtle se da vuelta para ir a la cocina; Carlotta va saltando detrás de ella. Gavin va directo a lavarse las manos en la cocina, para sacarse todos los gérmenes de la escuela, como dice su madre, y los gérmenes de perro, también. Cuando abre el armario de la cocina para tomar una caja de galletas de trigo, la tía Myrtle dice:

—¿Qué haces?

—Eh... me estoy preparando un bocadillo.

La tía Myrtle mueve el dedito frente a él.

—No, estamos por cenar —anuncia.

Él echa una mirada a la estufa. Hay algo horrible cocinándose en esas ollas. Lo sabe. Cierra las puertas del armario y se dirige a su cuarto para dejar su mochila y quizás jugar un par de videojuegos antes de hacer la tarea. Casi ha salido de la cocina cuando la tía Myrtle pregunta:

—¿Dónde está el masca-masca de Carlotta?

Antes de que Gavin pueda siquiera pensar qué decir, las palabras salen de su boca.

—Debo haberlo dejado... *afuera*.

La tía Myrtle mira a Carlotta. Está acostada en su nueva cama en el porche con la cabeza sobre las patas.

—Bueno, trae el masca-masca antes de que termine el día. Ella necesita tener su masca-masca.

—Sí, tía Myrtle —dice Gavin. Sube corriendo las escaleras. La puerta del cuarto de Danielle está cerrada. Debe estar allí haciendo quién sabe qué. Su papá está aún en el trabajo, y su madre debe estar en el mercado o algún lugar así. La casa está en silencio. Se mete en su cuarto, cierra la puerta y respira aliviado.

Justo en la mitad de su tarea —justo cuando escribe diez oraciones declarativas y subraya el sujeto una vez y el predicado dos veces— Gavin tiene una idea brillante: *comprarle otro masca-masca a Carlotta*. Así de simple. Tendrá que usar el dinero que estuvo ahorrando todo el año para una nueva patineta, pero cualquier cosa es mejor que escuchar más quejas de la tía Myrtle.

Seis
Harper, amigo de lo ajeno

La señora Shelby-Ortiz ha escrito *Tema libre* en la pizarra blanca para que escriban en sus diarios. Gavin no está seguro de que le guste el *Tema libre*. Se queda mirando las palabras un minuto. Luego mira a su alrededor. Algunos niños, como él, están tomándose su tiempo. Algunos, como esa niña Nikki, ya han comenzado. Da golpecitos con el lápiz sobre el escritorio. La señora Shelby-Ortiz lo mira y él se detiene. Abre su diario y pone la fecha en la esquina superior a la derecha en la primera hoja en blanco. Luego la mira durante un tiempo. Podría escribir sobre Richard, quien olvidó regresarle a Gavin la patineta antes de volver a su casa, pero eso lo enojaría más. Se suponía que la llevaría y la dejaría en el patio trasero, pero se olvidó. Gavin suspira y escribe:

Bueno, aquí estoy otra vez. Nada nuevo que contar. Este es mi nuevo problema. Resulta que tengo que pasear a la perra durante treinta minutos cuando regreso a casa, pero la tía Myrtle no me deja siquiera comer un bocadillo. Ahí está, en la puerta, lista para poner esa horrible Carlotta en mis brazos. Eso debe ser algún tipo de abuso infantil.

Se pone a pensar. Hacer que un niño se muera de hambre... Está seguro de que eso es abuso infantil. Hacer que un niño tenga que usar su propio dinero, que ha estado ahorrando para una nueva patineta, solo para reemplazar un tonto juguete de perro. El problema es que sabe que ninguna persona pensaría que es un abuso. Bueno, ningún adulto. Pensarían que es solo una manera de hacerle aprender una lección. ¿Cómo puede ser que los adultos nunca tengan que aprender lecciones? No es justo.

Regresa a su diario.

Hoy voy a ir corriendo a la tienda de mascotas y le compraré a Carlotta otro juguete porque me robaron el verdadero. Lo robó ese perro grande en el parque y yo ni siquiera debía estar en el parque. Me había escapado para andar en patineta. Pero este chico grande . . .

Una mano baja hasta el diario e intenta sacarlo por debajo de su lápiz.

—¿No escuchaste a la maestra? Me dijo que recogiera los diarios. —Es esa niña mandona, Deja—. Ella dijo: "dejen los lápices, *cierren* los diarios".

—Pero pensé que los diarios se recogían solo una vez por semana.

—La señora Shelby-*Ortiz* —comienza Deja, como si realmente le encantara decir la parte de *Ortiz*— los recoge un par de veces para ver nuestra ortografía, si nos faltan palabras y esas cosas, y ver si estamos mejorando.

—Pero no terminé —protesta Gavin.

—¿Y? Lo siento, qué pena... —dice ella con voz cantarina. Hace un gesto cuando dice "pena". Gavin se pregunta si ella está enojada por algo o si simplemente es mala. Ve

cómo ella agrega su diario a la pila que tiene en la mano. Antes de alejarse, ella le sonríe, pero lo suyo es casi una mueca de desprecio. La observa irse. ¿Qué le hizo él a *ella*?

● ● ●

En el recreo, Richard es el supervisor de la pelota. Es casi tan bueno que él sea supervisor como si Gavin lo fuera, porque en cuanto salen al patio, Richard le pasa la pelota de básquetbol a Gavin, quien va driblando hasta la cancha, haciendo un drible realmente bueno y esperando que todos se hayan detenido a verlo. Bueno, sabe que no se han detenido a verlo, pero ¿por qué no soñar? Cuando llega, intenta hacer una bandeja como las que se ven en la tele, pero la pelota ni siquiera alcanza el cesto. Se desvía de la cancha, y debe ir tras ella. Espera que nadie lo haya visto.

El nuevo amigo de Darnell, Harper, la frena con el pie. Realmente, se está ganando la reputación de ser una persona de la que conviene mantenerse lejos, incluso aunque está en la Primaria Carver desde hace poco tiempo, igual que Gavin. Los niños dicen que Harper repitió tercer grado. Por alguna razón, esto hace que provoque algo de miedo. Tal vez porque, en verdad, debería estar en sexto grado, y eso ni siquiera es la escuela primaria. Sexto es la escuela media, algo totalmente distinto.

Harper tan solo se queda parado, alto y grande, como un tonto, con un pie sobre la pelota. Sonríe a Gavin de manera amenazadora, se agacha, toma la pelota y comienza a pasarla de una de sus gigantes palmas a la otra. Luego comienza a driblar en círculo. De pronto, se detiene y lleva la pelota al pecho, como si fuera a lanzársela a Gavin.

Gavin junta las manos, esperanzado. Pero Harper solo simula que va a soltar la pelota. Echa la cabeza hacia atrás y ríe con fuerza. Gavin siente que aumenta la temperatura en su rostro. Varios de los niños de la Sala Diez se han acercado y han formado un semicírculo alrededor de Gavin para observar lo que está ocurriendo. Gavin se siente incómodo cuando Harper vuelve a simular otro lanzamiento. Sin pensarlo, Gavin levanta las manos para atrapar la pelota. Harper vuelve a reír y varios de los compañeros de Gavin se suman. Incluso algunas chicas se acercan lentamente para ver qué ocurre.

—¿La quieres? —grita Harper, ahora que tiene público—. Vamos, ¡prepárate!

Gavin deja las manos al costado. Luego las

vuelve a levantar. Si Harper le arrojara la pelota, podría hacerle daño. No sería nada agradable.

Harper vuelve a simular un par de veces para el deleite de todos. Las risas son cada vez más fuertes. El rostro de Gavin se pone más rojo.

Harper está por hacer un nuevo lanzamiento falso cuando, de pronto, Darnell aparece de la nada y le quita la pelota de las manos a Harper. Se la pasa a Gavin, que está listo y la atrapa, para sorpresa suya.

—Vamos, Harper —dice Darnell—. Deja de hacer tonterías. Tenemos dodgeball esta semana y estás perdiendo el tiempo.

Mientras Harper parece estar decidiendo qué hacer, Gavin se aferra a la pelota; siente que le falta el aire. Intenta calmar la respiración. Harper gira sobre sus talones y sale corriendo hacia la cancha de dodgeball. Los niños que se han reunido esperando ver un show se quedan un rato y luego vuelven lentamente a sus lugares.

—¿Por qué Darnell tenía que arruinar

la diversión? —Gavin oye que una niña de su clase llamada Casey le pregunta a otra niña llamada Ayanna.

—Sip, fue divertido —coincide Ayanna.

○ ○ ○

—Debo ir a la tienda de mascotas —dice Gavin a Richard mientras salen rápidamente por la puerta principal luego de la salida. Para Gavin, este es el momento "más libre" del día. Le encanta la sensación de regresar de la escuela bajando dos escalones a la vez. Luego de la escuela, puede hacer casi cualquier cosa...por un rato. Puede caminar por Marin y detenerse en la tienda del mejor amigo de su tío Vestor para comprar dulces, o puede ir a su casa y pedir permiso para andar en bici durante treinta minutos. Incluso le gusta pararse frente a la cubierta de la cocina y colocar cucharadas de mermelada de uva sobre galletas de trigo para comer mientras hace la tarea.

Ahora Richard tenía que arruinar el momento cuando le pregunta:

—¿No tienes que ir directo a tu casa para pasear a la perra?

Gavin revolea los ojos.

—Antes debo comprarle un nuevo juguete de mascar para mascotas. O a mi tía le dará un ataque. Y entonces tendré que oírla decir que soy irresponsable y un montón de otras cosas, y quizás pida a mi madre que me castigue.

—Iré contigo —dice Richard.

Entonces, en vez de ir hacia Ashby, caminan en dirección a Marin y a Pet Mart, la gran tienda que dice tener todo lo que el dueño de una mascota puede querer o necesitar para su adorado familiar de cuatro patas. Gavin supone que en Pet Mart conseguirá un juguete igual al masca-masca de Carlotta.

Pero cuando llegan, encuentran que hay un pasillo entero de chucherías de goma y cuero crudo, cosas para que los perros masquen. ¿Cómo encontrarán el adecuado?

—¿Y este? —pregunta Richard, sosteniendo una cosa redonda grande que parece tener mil tentáculos de caucho.

—No —dice Gavin, mientras sacude la cabeza.

—Su masca-masca no es así.

—¿Su qué?

—Mi tía Myrtle le dice masca-masca. Es un hueso blanco de cuero crudo con extremos anudados y masticados.

Richard va al extremo del pasillo para poder ver todo lo que hay en él. Gavin va al otro extremo y comienza a acercarse lentamente en dirección a Richard. Cuántos juguetes para perros...

No sabía que los perros tuvieran esa variedad de juguetes especiales. Su mirada se detiene en algo que se parece al masca-masca de Carlotta. Está colgado con un cordel de un gancho del estante. Lo toma y lo observa con atención. No, tiene manchas marrones. No servirá. No engañaría a la tía Myrtle ni por un segundo.

Mira a Richard, que está haciendo piruetas con una bola de soga en un cuerda trenzada. ¿Qué diablos...? Se suponía que Richard iba a ayudarlo. Sabe que Gavin tiene poco tiempo. ¿Qué está haciendo? Gavin ve que Richard toma una bolsa de galletas para perros de un exhibidor que está al final del pasillo, las observa, luego las huele. Pareciera querer comerse una.

—¡Richard! —dice Gavin entre dientes—. ¿Qué estás haciendo?

Richard lo mira y se encoge de hombros.

—Se ven buenas —dice.

—¿Estás loco? ¡Son para perros! Vamos. ¡Debes ayudarme!

—Ah, sí —dice Richard. Lentamente comienza a retroceder en el pasillo hacia Gavin, mirando de cerca todos los elementos que hay en los estantes.

—¿Y este? —Sostiene una golosina para mascar de color beige oscuro.

—No es el color —dice Gavin. Mira la hora en el reloj redondo y grande que está en la pared de la tienda. Tres y diez. *Ay, no.* Se imagina a la tía Myrtle mirando el reloj en la cocina en ese mismo momento. Regresa a los estantes y continúa buscando.

—¿Y este?

Gavin suspira y mira lo que sostiene Richard. Se acerca más. Richard tiene un hueso rígido de cuero crudo que se parece mucho al masca-masca. Mismo color, mismo tamaño.

—Déjame verlo —dice.

Richard le entrega el hueso para que Gavin lo examine. Podría perfectamente pasar por el masca-masca de Carlotta.

—Creo que este sirve —dice—. Este es nuevo, pero seguro puedo ensuciarlo. Hacer que se parezca mucho al verdadero.

Gavin observa a Richard con otros ojos. Sabía que había un cerebro allí, adentro, en alguna parte.

—Vamos a la tienda del señor D. a comprar papitas —sugiere Richard mientras pagan y salen de la tienda.

—Debo ir a casa, Richard —dice Gavin, mientras mete el masca-masca en su mochila.

—Vamos, será rápido.

—No sé...

—Será entrar y salir, Gavin. Te lo aseguro.

—Mejor que así sea —dice Gavin. Doblan hacia Ashby.

○ ○ ○

Gavin detecta a Darnell, Gregory Johnson y a Harper tan pronto como entra con Richard a la tienda del señor D. Lo invade una sensación de intranquilidad. Por culpa de Harper, no tiene ganas de acercarse al grupo. Antes de que Gavin pueda detener a Richard, este grita:

—¡Ey! ¿Qué compran, chicos? —y va hacia su hermano.

Darnell está mirando las papitas en un exhibidor. Gregory Johnson está recorriendo con la mirada los estantes de golosinas justo frente a la caja registradora. Harper ha desaparecido entre uno de los pasillos.

—No lo sé todavía, ¿me permites? —Con su mano, Darnell mueve cuidadosamente a Richard, que está tapándole la vista del exhibidor de papitas. Gavin mira la gran pantalla de seguridad que muestra todo lo que no puede verse desde la caja registradora, luego mira al señor Delvecchio. Está ocupado cobrando a Gregory una barra Big Chunk. Gavin vuelve a mirar el espejo y ve a Harper pasando los dedos sobre uno de los estantes que tienen juguetes baratos, esos que se rompen en cuanto juegas con ellos solo un par de veces: pistolas de agua y pelotas de goma atadas a paletas de madera o pequeños autos de plástico. Se detiene en una pelota de goma con puntas. La saca del estante y en vez de llevarla a la caja registradora, la coloca en su chaqueta bajo el brazo.

Gavin abre los ojos sorprendido. Los abre mucho. No puede dejar de mirar. El señor Delvecchio está colocando la golosina de Gregory Johnson en una pequeña bolsa. Gavin observa a Harper acercarse por el pasillo con las manos en los bolsillos de su chaqueta, silbando. Va directo a la caja registradora. Gavin sabe por qué tiene las manos en los bolsillos. Sabe por qué mantiene los brazos apretados contra los costados: su brazo izquierdo sostiene el juguete para que no se caiga al piso. Gavin siente que el corazón late con fuerza en su pecho. Observa a Harper, quien ahora silba algo que ni siquiera parece una verdadera canción.

—¿Por qué demoran tanto, chicos? —dice Harper a Gregory y a Darnell—. Debo irme.

Gavin mira al señor Delvecchio de nuevo. Se da cuenta de

que el señor D. no sabe lo que ha hecho Harper. Por alguna extraña razón, Gavin siente culpa. Es como si él mismo hubiera tomado el juguete. El señor Delvecchio y su tío son amigos. Harper también podría haberle robado al tío Vestor.

—Ey, ¡qué sorpresa! —dice el señor D. de pronto, mirando a Gavin—. ¿Cómo anda tu tío? —Los chicos más grandes salen de la tienda. El señor Delvecchio le da a Richard una bolsa de papitas y le entrega el cambio.

—Está en una especie de conferencia para barberos —contesta Gavin en voz baja.

—Dile que lo estoy esperando para un desafío al dominó. Hace tiempo que no jugamos.

—Sí, señor —dice Gavin. Le da un empujón a Richard al costado y dirige la mirada hacia la puerta. Richard frunce el ceño, confundido.

En cuanto salen, Gavin señala a Harper quien, con las manos todavía en los bolsillos, pasea tranquilamente por Fulton con los chicos más grandes, media cuadra más adelante.

—¡Ese chico es un ladrón! —susurra.

¿Qué? —Richard sigue la dirección que indica su índice—. ¿Quién es un ladrón? Mi hermano, no. No ha robado nada en toda su vida.

—No. Tu hermano no, y tampoco Gregory Johnson. —Gavin entorna los ojos—. Me refiero a Harper. Lo vi en ese espejo que se supone que está para que la persona de la tienda pueda ver quién está robando. Lo vi guardarse un juguete, una de esas pelotas cubiertas con puntas, en su chaqueta.

—¿En su chaqueta?

—¿No viste cómo caminaba, con los brazos apretados contra el cuerpo?

—Sí —dice Richard lentamente, como si no estuviera del todo seguro. Observa a Harper—. Todavía tiene las manos en los bolsillos.

—Apuesto a que roba todo el tiempo —dice Gavin.

—Seguro tiene una habitación llena de objetos robados. Van a la tienda todos los días después de clases —dice Richard, asintiendo lentamente como si fuera un detective.

—Debería decirle al señor D. que lo vigile mejor. Puedo decirle que escuché que Harper roba, y que debería tener mucho cuidado cuando Harper entra en su tienda —dice Gavin.

—¿Pero qué pasa si el señor D. le dice a Harper que fuiste tú quien se lo dijo? —pregunta Richard—. Harper es un chico grande.

—Ya sé que es un chico grande —dice Gavin, molesto—. No necesitas decírmelo.

Entonces, ¿qué debería hacer? Gavin piensa y piensa mientras regresa a casa. Saluda a Richard cuando gira hacia su casa en Fulton, y Gavin camina hacia su casa en Willow. Silenciosamente, va hasta el patio trasero, muy sigilosamente, cuando pasa por la ventana de la cocina. Abre su mochila y saca el nuevo juguete de mascar. En ese momento, oye que se abre la puerta de la cocina.

—¿Y usted dónde estaba, señor? —La tía Myrtle está parada en el escalón más alto con las manos en las caderas.

Antes de darse vuelta para responder, desliza el nuevo juguete en su chaqueta.

—Ah, eh, tenía algo que hacer luego de la escuela. —No es una buena excusa, pero antes de que la tía Myrtle pueda pensar demasiado, agrega:

—Pero vine lo más rápido que pude.

La tía Myrtle lo mira con severidad. Suspira.

—Bueno, ya estás aquí. Quédate aquí mientras traigo a Carlotta.

Antes de abrir la puerta, llama por sobre su hombro:

—¿Y dónde demonios está el masca-masca de Carlotta?

Gavin piensa rápido.

—Eh, creo que está en los arbustos. —Está orgulloso porque no ha dicho una gran mentira. Después de todo, iba a frotarlo en la tierra al lado de los arbustos y dejarlo allí.

—¿Qué hace en los arbustos? —dice la tía Myrtle casi para sí mientras entra a la casa.

Gavin se agacha para frotar el juguete en la tierra. Cuando termina, lo sostiene en alto. Se parece un poco al viejo masca-masca.

La tía Myrtle está de nuevo en el porche con Carlotta en brazos.

—Me hubiera gustado que me dijeras que estaba en los arbustos. Ha estado llorando todo el día.

Gavin mira a Carlotta. De inmediato, empieza a aullar como si también tuviera que retar a Gavin. Él suspira. ¿Cuántos días más debe soportar esto? Dos. Solo dos, después de hoy. No sabe si sobrevivirá.

—Dame eso —dice la tía Myrtle.

Gavin se lo entrega y observa con atención a la tía Myrtle para ver si nota algo. Ella lo toma y, antes de dárselo a Carlotta, lo mira con cuidado. Lo mira de un lado y del otro. Gavin no sabe qué está pensando la tía. Ella frota la nariz de Carlotta con él. Carlotta gira la cabeza y se echa un poco hacia atrás.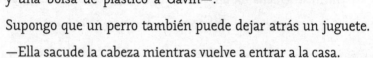

—Bueno, es la primera vez que pasa esto —dice la tía Myrtle, bajando a Carlotta y entregándole la correa y una bolsa de plástico a Gavin—. Supongo que un perro también puede dejar atrás un juguete. —Ella sacude la cabeza mientras vuelve a entrar a la casa.

Gavin nota que ha estado aguantando la respiración y la suelta en un gran suspiro.

A mitad de la cuadra, la querida Carlotta compensa a Gavin con un maravilloso premio por todos sus esfuerzos, en el césped junto al rosal de su vecina, la señora Marvin. Bueno, al menos tiene la práctica bolsa de plástico, y al menos mañana es el día de la basura. Solo tiene que levantar la tapa del bote de basura de la señora Marvin y dejar caer el "premio" allí. No es necesario que camine por todos lados con esa... cosa en la mano.

¡Puaj! A pesar de haber usado la bolsa de plástico, por algún motivo siente que tiene la mano *sucia*. No ve las horas de volver a su casa para lavarse las manos diez veces.

Siete
Harper no está contento

Mientras va a la escuela al día siguiente, Gavin se repite a sí mismo: "Es solo hoy y mañana. Solo hoy y mañana, y luego seré libre". *Puede hacerlo. Sobrevivirá. Hay* una luz al final del túnel. Todavía tiene una sonrisa en el rostro cuando cruza al patio en el que forma fila la Sala Diez. Será genial volver a su rutina normal luego de la escuela.

Se coloca en la fila adelante de Antonia, esa chica altanera. Ella gira y lo mira de una manera que hace que Gavin se pregunte si tiene algo raro en la cara o qué. Richard, que llega un poco tarde, se coloca detrás de Antonia. Las dos clases de quinto grado están en fila, en perfecta formación. Excepto Harper. Él se da vuelta continuamente para mirar a... *Gavin*. Oh, oh. ¿A qué podría deberse *eso*? Gavin gira, piensa que quizás la mirada odiosa de Harper está dirigida a alguien que está detrás de él. Pero no, detrás, la mayoría son niñas. La mirada de odio de Harper se centra solo en Gavin. Esa mirada amenazadora está dirigida a *él*. Traga con dificultad. ¿Qué hizo Gavin? ¿Por qué lo mira así Harper? A menos que...

Gavin mira rápido alrededor y ve a Richard.

—Richard —dice, entre dientes.

—¡Ey! —dice Antonia—. ¡Habla sin escupir! —Se limpia el rostro con asco.

Gavin mira alrededor para ver quién pudo haberla escuchado. Siente que su rostro enrojece.

—Nos meterás en problemas —continúa Antonia—. No debemos hablar.

La señora Shelby-Ortiz está cruzando el patio hacia la fila. De pronto todos se paran muy derechos, mirando la espalda del alumno que tienen adelante, con los labios apretados. La señora Shelby-Ortiz examina la fila de punta a punta, y asiente. Carlos, líder de la fila de esta semana, lleva la clase a la Sala Diez.

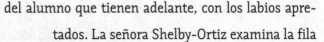

○ ○ ○

—¿Qué querías? —pregunta Richard mientras colocan sus almuerzos y mochilas en los casilleros.

—¿Por qué Harper me miraba con odio?

—No lo sé —dice Richard, pero su mirada es esquiva.

—¿Le dijiste a Harper lo que dije sobre él?

—¿Qué cosa? —pregunta Richard.

—Que lo vi robar el juguete en la tienda del señor Delvecchio.

Richard no contesta de inmediato. Entonces dice:

—No lo sé. Tal vez se lo dije a mi hermano.

—¿Por qué lo hiciste? Sabías que él se lo diría a Harper. Creo que Harper ahora está enojado conmigo.

—Bueno... —comienza a decir Richard, pero lo interrumpe la señora Shelby-Ortiz.

—Estoy esperando que todos estén en sus lugares y listos para trabajar. —Mira directamente a Gavin y a Richard. Ellos dejan de conversar y van a sus asientos.

○ ○ ○

En cuanto salen al patio para el recreo de la mañana, Gavin arrincona a Richard antes de que pueda huir a la cancha de básquetbol. Mira alrededor para ver si está Harper, pero no lo ve.

—Tienes que decirme ahora —dice Gavin—. ¿Qué crees que sabe Harper?

—No lo sé. —dice Richard, sin mirar a Gavin.

—¿Qué quieres decir?

—Le conté a Darnell, y supongo que él le pudo haber contado a Harper.

—Gracias. Muchas gracias.

—Pero quizás no se lo dijo.

—Sí, claro —Gavin suspira. ¿Qué va a hacer ahora? Vuelve a inspeccionar para ver si está Harper—. Me pregunto dónde está.

Richard le cuenta:

—Está castigado hoy y mañana. Por no hacer la tarea.

Gavin mira hacia el área de los "castigados". Está reservada para los alumnos que se han portado mal por haberle contestado mal a la maestra, por haber peleado en lugar de dialogar o por no haber hecho la tarea. De hecho, ahí está Harper; se lo ve abatido, con el mentón sobre la palma de la mano, el ceño fruncido. *Probablemente siente que no debería tener que hacer ninguna tarea,* piensa Gavin desde una distancia segura cerca de la cancha de básquetbol.

—Bien —dice Gavin—. Tal vez para el lunes haya olvidado lo que le contó tu hermano.

—¿Qué? —pregunta Richard.

—Que yo dije que lo vi robando. —A veces Richard era tan tonto.

—En verdad, esas no fueron mis palabras exactamente —lo corrige Richard—. Digamos que le dije a Darnell que tú dijiste que Harper era un *ladrón*.

○ ○ ○

Ahora Gavin tiene que cuidarse la espalda todo el camino de regreso a casa.

—¿Qué ocurre? —pregunta Richard mientras camina a su lado—. ¿Por qué no dejas de mirar hacia atrás?

—Estoy viendo dónde está Harper.

—¿Por qué?

—Porque probablemente viene por mí.

—¿Tienes miedo?

—¿Tú qué crees? También lo tendrías si alguien le hubiera dicho a Harper que tú lo llamaste ladrón.

Richard alza las cejas como si estuviera pensando la situación por primera vez.

—Está bien, está bien. Simplemente tenemos que tomar otro camino. Tal vez por aquella calle donde está la tienda Food Barn, luego cruzar a Ashby, luego a Maynard. Podemos tomarla hasta tu calle, pero saldremos por el otro extremo. Simple.

No tan simple, piensa Gavin mientras Richard camina adelante. Todo el camino hasta Post, Gavin se siente bien, pero en cuanto llegan a Ashby, una calle más transitada, comienza a mirar por encima de su hombro otra vez, esperando ver si Harper ha aparecido mágicamente detrás de él. Por suerte, cada vez que mira hacia atrás, ve que la acera está vacía.

Cuando llegan a la esquina, Gavin coloca la mano sobre el hombro de Richard.

—Espera. —Mira a ambos lados para ver que no haya peligro a la vista. Para su sorpresa, no ve rastros de Harper, ni de Darnell o Gregory Johnson. Cruzan la calle en el semáforo de Maynard, y Gavin se siente un poco aliviado. A mitad de la cuadra, Richard gira en Fulton.

—Nos vemos —dice por encima de su hombro. Gavin se siente un poquito abandonado al continuar hacia su casa.

● ● ●

—Por fin —resopla la tía Myrtle, al abrir la puerta justo cuando él sube por la entrada de la casa. Por supuesto, Carlotta está en sus brazos, retorciéndose y haciendo ese aullido agudo que los perritos malvados hacen todo el tiempo. En verdad, está intentando soltarse de los brazos de la tía Myrtle. Casi como si ella estuviera... esperándolo a él y al paseo. Por un momento Gavin casi se siente... especial. *Nah*, piensa. A todos los perros les gusta salir de la casa. Todos los perros tienen ganas de *ir*.

La tía Myrtle le entrega la bolsa de plástico y la correa, que ya está colocada en el collar de Carlotta. Pone a Carlotta en el piso. La perra prácticamente hace bajar a Gavin los escalones. Apenas logra lanzar su mochila al porche porque ella lo arrastra hacia afuera. La tía Myrtle le tira un beso a Carlotta.

—Adiós, preciosa. Que la pases bien.

Gavin decide ir al parque. Las personas pasean a sus perros allí, ¿por qué no lo haría él? La tía Myrtle no le dio tiempo de tomar su patineta, que Richard finalmente había regresado luego de la cena la noche anterior, pero igualmente puede ir y mirar a los patinadores. Nadie dijo que debía caminar cuadras y cuadras por el barrio con Carlotta. ¿Por qué no dar vueltas por el parque de patinetas? Gavin va en esa dirección. Quizás se preocupó por Harper sin ningún motivo. Probablemente Harper está en el Club de la Tarea. Allí deben ir todos los niños castigados luego de la escuela. Probablemente no habrá incidentes en el camino. Se ríe para sí, imaginando al grandote e imponente Harper mordisqueando su lápiz, intentando resolver cuánto es dos por cinco.

Camina una vez alrededor de la pista de patinetas y luego se desvía un poco del camino. No ve a Richard, a Darnell ni a Gregory Johnson. Carlotta parece feliz. Salta a su lado como si hubiera sido liberada de la prisión. En la tercera vuelta alrededor de la pista de patinetas, ella se detiene para hacer sus asuntos. Gavin está listo con la bolsa de plástico. De alguna manera, se ha acostumbrado. El truco es hacerlo rápido, antes de ponerse a pensar demasiado en ello. Acaba de depositar la bolsa de plástico en el gran bote de basura cerca de las canchas de básquetbol. Se pregunta dónde estará Richard cuando alguien le toca el hombro.

—Veo que todavía tienes esa horrible perrita.

No es la voz de Richard. Es la voz de *Harper.* Cuando Gavin se da vuelta, queda frente a su cara enojada. No sabe qué decir. Su boca pareciera no querer abrirse. Mira a Carlotta, con los tontos moños rosa en los penachos de pelo en cada oreja, y el collarcito brillante. Permanece en silencio.

—Así que me llamaste ladrón. —Harper le da un golpe en el hombro a Gavin. Un golpe fuerte. Lo fulmina con la mirada.

Gavin se muerde los labios, pero sigue sin decir palabra. Tal vez Harper se contente con darle un golpe en el hombro y se vaya.

—¿Qué tienes para decir al respecto?

Gavin no tiene nada que decir.

—No te oigo —dice Harper, con otro golpe en el hombro de Gavin. Ahora Gavin está muy seguro de que Harper no se va a dar por satisfecho con dos golpes fuertes.

—Te... te vi robar el juguete —dice Gavin.

—¿Qué? ¿Viste *qué*?

Parece desafiarlo. Gavin junta coraje y repite:

—Te vi robar el juguete y ponerlo en tu chaqueta.

—Eres un mentiroso —dice Harper, elevando la voz.

La boca de Gavin se abre con miedo y sorpresa. ¿Cómo puede Harper llamarlo a él mentiroso cuando él *sabe* muy bien lo que hizo? Pero en ese momento, detrás de Harper, ve al chico alto del día anterior, el que tenía el perro peludo. Viene hacia ellos. De pronto, el chico alto coloca su mano sobre la cabeza de Harper como un sombrero.

Harper frunce el ceño, y luego se lo ve confundido..

—¿Cuál es el problema? —pregunta el chico.

Harper se da vuelta enojado y abre la boca para protestar.

Pero debe levantar la vista para mirar al chico a los ojos, y solo ese hecho lo hace callarse muy rápido.

—No me gusta lo que estoy viendo —dice el chico—. Me parece que estoy viendo un bravucón, y no me gusta nada.

Harper mira a Gavin, pero mantiene la boca cerrada.

—Oye —dice el chico grande a Gavin mientras mira desde arriba a Harper—. Estoy aquí todos los días. Hazme saber si tienes algún problema más con este chico, y dime dónde vive. Iré a conversar con sus padres.

Los ojos de Harper se abren al escuchar eso.

—¿Por qué no vas a jugar al arenero o alguna otra cosa y dejas a este niño en paz?

Harper mira a Gavin con ojos amenazadores, pero no se atreve a decir nada. Lentamente se va como si no tuviera el más mínimo miedo, pero Gavin apuesta a que lo tiene.

Gavin no entiende. Ese chico alto no había sido honesto ni justo con Gavin tan solo hacía dos días. ¿Por qué era tan considerado ahora? ¿Qué estaba pasando? Cualquiera sea el motivo, Gavin se alegra de haber sido rescatado del enojo de Harper, aunque no sabe qué hará Harper al día siguiente. Espera que recuerde a ese chico grandote.

—Gracias —dice Gavin mientras se empieza a retirar con Carlotta.

—Espera un segundo —dice el chico. Busca en el bolsillo de su chaqueta y toma el masca-masca de Carlotta—. Es tuyo. No sé por qué me lo quedé. Lo siento. —Sonríe a Gavin a modo de disculpa. Gavin toma el juguete, pero todavía está confundido y un poco molesto por haber gastado parte de sus ahorros en un nuevo juguete de mascar. Y bueno. Supone que a Carlotta no le molestará tener muchos masca-masca.

—Gracias. —Es todo lo que se le ocurre decir.

Ocho
¿Dónde está Carlotta?

¡Último día! ¡Último día! Las palabras aparecen en la cabeza de Gavin en cuanto abre los ojos. Oye los sonidos matinales en el piso de abajo. Carlotta ladra como siempre desde detrás de la cerca que la mantiene en el porche trasero. La tía Myrtle refunfuña mientras baja las escaleras hacia la cocina. Gavin piensa que es un hermoso sonido, porque le recuerda que el tío Vestor vuelve mañana y, entonces, adiós, Carlotta. Adiós, tía Myrtle. Y adiós a la tarea de juntar caca de perro.

Gavin baja la escalera a los saltos y... huele a tostadas francesas. Su madre siempre prepara tostadas francesas los viernes para celebrar de alguna manera la llegada del fin de semana. De hecho, su mamá está colocando una pila de tostadas francesas en la mesa. Su padre está detrás del periódico, y la tía Myrtle está sentada frente a él, dando sorbos a su té. Danielle está en su lugar habitual, mirando a hurtadillas el teléfono que tiene en su regazo. ¿Debería delatarla? Nah, se siente demasiado bien porque es viernes y es el último día en que tendrá que ocuparse de Carlotta.

—Buen día —dice Gavin mientras toma asiento, intentando no parecer demasiado alegre.

—Buenos días, cariño —contesta su madre, y deja caer dos tostadas francesas en su plato.

—Buenas —dice su padre desde atrás del periódico.

Danielle revolea los ojos. No lo sorprende.

La tía Myrtle sopla su té.

—Buen día, Gavin. Creo que hoy es el día de pago. Luego de que pasees a Carlotta esta tarde, por supuesto.

Gavin mira a la perra. *Último día, horrible perrita,* piensa. Le da un gran bocado a la tostada francesa.

● ● ●

Camino a la escuela, Richard nota su buen humor.

—Silbas desde que dimos vuelta a la esquina. ¿Qué ocurre?

—Es el último día que paseo a Carlotta. Y es viernes. No hay tarea los viernes. Los viernes puedo quedarme despierto una hora más. Tenemos prueba de ortografía los viernes, y siempre saco cien sobre cien. Eh...

—Bueno, bueno —dice Richard—. Entiendo. ¿Cuándo te pagan?

—Luego del último paseo a Carlotta.

—Bien. Hasta *yo* estoy ansioso.

—Pero *sí* hay una pequeña cosa que podría preocuparme hoy.

—¿Qué?

—Espero que Harper siga castigado.

○ ○ ○

Cuando la señora Shelby-Ortiz deja salir a la clase al recreo, Gavin casi tiene miedo de mirar en dirección a los chicos castigados. Echa un vistazo. Allí está Harper, sentado de cara al patio, todo desparramado, con los codos apoyados en la mesa que está detrás de él. Gavin no puede verle la cara, pero imagina que sus labios están fruncidos por el enojo. Mira hacia otro lado rápidamente, con miedo de que Harper lo descubra mirándolo.

—Está castigado —susurra Richard que está parado detrás—. Relájate.

Durante el almuerzo hay nuevos riesgos de cruzarse con Harper. La mesa de almuerzo de la Sala Diez está tres mesas detrás de la asignada para la clase de Harper. Gavin se sienta y prepara su almuerzo (un sándwich, papitas y una manzana) frente a él, pero no tiene hambre.

—¿Me das tus papitas? —pregunta Richard.

Gavin no responde. Está ocupado mirando la cara de odio de Harper, que está sentado encorvado en su mesa comiendo galletas con chispas de chocolate. Hasta la manera en que come las galletas es agresiva: las rompe en pequeños trozos, luego las mete en la boca y luego mastica con una mueca de desdén. En un momento, alza la vista y mira con furia a Gavin. Gavin baja la mirada rápidamente y se concentra en su almuerzo.

● ● ●

—Te aseguro que me miró muy mal —dice Gavin a Richard camino a la cancha de balonmano.

—¿Y qué? —pregunta Richard—. Está castigado. No podría hacerte nada aunque quisiera.

Gavin da un vistazo a los niños castigados. Harper está sentado en medio del grupo, el mentón sobre la mano y el codo sobre la rodilla. Aún tiene la mirada de odio en el rostro. *Salvado por el castigo*, piensa Gavin.

Casi logra terminar el día sin volver a ver a Harper. Pero luego de la clase de educación física, la señora Shelby-Ortiz hace que los niños y las niñas formen una fila en los baños de niños y niñas, como siempre. Los niños pasan por turnos: tres niños y tres niñas. En cuanto Gavin entra con Carlos y José, se encuentra con Harper. Su permiso está en el lavabo que está delante de él. Está mojando bolas de papel que arroja al techo, y allí quedan pegados. Está tan ocupado rompiendo las reglas de la escuela que ni siquiera nota la presencia de Gavin.

Gavin de inmediato da la vuelta y sale del baño, con el corazón agitado, a pesar de que realmente debe usar el baño. Estuvo cerca...

—Señora Shelby-Ortiz —dice en cuanto vuelven a la clase y está sentado. Ni siquiera había levantado la mano ni había esperado la respuesta de la maestra—. ¿Puedo ir al baño?

—¿Cómo? —contesta ella—. ¿No acabas de ir al baño? —Algo del pánico en el rostro de Gavin la hace decir:

—Bueno, ve.

Gavin da un salto y prácticamente sale corriendo del aula

● ● ●

Cuando suena el timbre de salida, Gavin siente como si hubiera estado evitando el peligro durante todo el día.

—Debo pasear a Carlotta, pero como no hay tarea, encontrémonos más tarde en el parque de patinetas. Estoy seguro de que me permitirán ir —le dice Gavin a Richard mientras caminan rápido por Marin, su nueva ruta desde la escuela. Se separan en Fulton.

Gavin está ansioso por dar su último paseo con Carlotta de una vez. Tal vez, ya que es el último día que la pasea, la tía Myrtle le permita tomar su bocadillo antes.

Se lo propondrá, pero cuando la tía Myrtle abre la puerta, está agitada. Sale hacia el porche y mira a un lado y a otro de la calle.

—¿Has visto a Carlotta?

—No —dice lentamente Gavin. Mira por encima del hombro de la tía Myrtle hacia el pasillo, esperando oír el ruido de las patitas de Carlotta en el suelo. Pero Carlotta no está por ninguna parte. La tía Myrtle camina alrededor de Gavin y baja unos escalones del porche. Llega a la acera y camina unos pies en una dirección y luego en la otra, protegiéndose los ojos mientras mira hacia un lado y hacia otro.

—Solo la dejé en el patio un instante, y cuando volví a buscarla... —La tía Myrtle se da una palmada en el pecho como abrumada por la situación—. ¡Había desaparecido! Hay un espacio en donde puede haber cavado para salir por debajo de la cerca. Ni siquiera sé por qué haría algo así. No lo sé... —La voz de la tía Myrtle se apaga. Pero luego agrega—: ¡Y no lleva puesto su collar! Se lo había quitado porque la estaba irritando. No pude encontrar el otro... —Su voz vuelve a apagarse, y luego gira, sube los escalones y vuelve a la casa. Gavin la sigue, sin saber qué pensar. ¿Eso significa que puede ir a la cocina y prepararse su bocadillo especial?

En ese momento, su madre baja las escaleras.

—Cariño, ¿has visto a Carlotta? ¿Tal vez en la calle, en algún lugar mientras venías a casa?

—No, no la vi en ningún lado. —Mira a la tía Myrtle, que se ha desplomado en una silla en la sala de estar y se abanica con un papel doblado.

—¿Puedes ir a buscarla?

Gavin piensa en su bocadillo con ansiedad. Parece que no podrá ir a la cocina a prepararlo. Otra vez.

—No vayas más allá de Marin o más allá del parque, agrega su madre, mientras sale al porche para mirar a un lado y otro de la calle.

En cuanto empieza a caminar, Gavin comienza a sentir algo extraño. Carlotta está ahí afuera, en alguna parte, y él se siente un poco preocupado. Camina hacia Marin, tratando de escuchar sonidos de ladridos a la distancia. No un ladrido grave, sino el ladrido agudo particular de Carlotta. No oye nada. Las calles vacías parecen indicar que simplemente desapareció. *Tal vez la secuestraron,* piensa mientras apura su marcha por la calle. Tal vez Richard ha visto a Carlotta.

Cuando llega al parque de patinetas, Richard está ocupado practicando su ollie en el bloque de cemento. Gavin se coloca sobre la cerca de malla y lo observa acercarse al bloque y luego acobardarse a último momento. Vuelve a intentarlo, y esta vez pone la patineta hacia arriba, pero luego la deja caer. Afortunadamente, no hay nadie esperando para usar la plataforma.

—¡Richard! —Gavin lo llama antes de que pueda hacer el siguiente intento.

Richard mira a su alrededor, parece sorprendido.

—Yo pensaba que no podrías venir hasta después de pasear a la perra. —Se arrima a la cerca con su patineta en la mano, confundido—. ¿Dónde está tu patineta?

—¿Has visto a Carlotta? —pregunta Gavin, que ya está bastante seguro de lo que va a decir Richard.

—No, ¿por qué?

—Desapareció.

—¿Desapareció?

—Mi tía la dejó en el patio, ella cavó un hoyo por debajo de la cerca y escapó.

—¿Por qué haría eso? —pregunta Richard.

—¿Cómo puedo saberlo? Es algo que hacen los perros. A los perros les gusta cavar hoyos y les gusta escaparse de los patios —Gavin se encoge de hombros.

Richard asiente lentamente, como si eso tuviera sentido.

—¿Quieres que te ayude a buscar?

—Si —dice Gavin— pero mi mamá no quiere que vaya más allá de Marin.

—Bueno, ¿y si se fue a esa calle grande que tiene una tienda de neumáticos o tal vez a la tienda de mascotas donde compramos el juguete?

—No lo sé —dice Gavin—. Mi mamá probablemente le pedirá a mi padre que busque en esos lugares cuando vuelva del trabajo.

Juntos, comienzan a llamar a Carlotta mientras van camino a Marin.

—¡Carlotta! ¡Carlotta!

La gente deja de hacer lo que está haciendo al notar que alguien, o la mascota de alguien, se ha perdido. El cartero saluda con la mano, y el chico del Vivero S&L alza la vista desde una hilera de ficus. Dos niñas dejan de saltar a la soga en la acera frente a la casa junto al vivero. Una de ellas camina hasta Richard y Gavin.

—¿Quién es Carlotta? —pregunta. Gavin la reconoce, es una alumna de tercer grado de la Escuela Carver. Su amiga se acerca también.

—Sí, ¿quién es Carlotta? —repite la amiga.

—La perrita de mi tía se escapó de nuestro jardín y huyó —explica Gavin—. ¿Han visto a una perra perdida?

—¿Cómo es? —pregunta la niña más alta, mientras se muerde la uña del pulgar.

Gavin no tiene muchas esperanzas de que ella sirva de ayuda. Pero antes de que él pueda responder, Richard interviene:

—Es una de esas perritas graciosas. Algo pequeña. Con un pelo horrible.

Gavin se sorprende. Le empieza a molestar su descripción de Carlotta. Por alguna razón, siente necesidad de defenderla.

—No es graciosa —interrumpe—. ¿Saben cómo son los pomerania?

—¿Pomequé? —pregunta la niña más baja. Se ríe de su propio chiste. Su amiga se ríe también.

Gavin tenía razón. Sabía que no serían de gran ayuda. Está listo para continuar.

—No importa. Vamos, sigamos —le dice a Richard.

Cubren lo que resta de Marin hasta el parque, luego bajan por Ashby hasta la casa de Richard, en Fulton, en donde se separan. Hora de volver a casa. La madre de Gavin lo recibe en la puerta con preguntas antes de que pueda entrar. Al parecer, también envió a Danielle a buscar a Carlotta. La tía Myrtle no está por ningún lado.

—Le dije a la tía Myrtle que subiera y se acostara —explica su mamá—. Tu papá está en el auto buscando también.

—¿Puedo hacerme un bocadillo? —pregunta Gavin. Ahora tiene mucho apetito.

—Sí, sí. Ve y hazte el bocadillo —dice su madre como si tuviera la mente en otro lado.

Gavin va rápido a la cocina, antes de que su madre cambie de opinión. Toma el frasco de mermelada de uva del refrigerador, gira la tapa y respira hondo. *Ah, qué increíble aroma,* piensa. Toma un plato del armario de la cocina, baja la caja de galletas de trigo, busca un cuchillo y se pone manos a la obra. En el plato hay cinco galletas con mermelada. Antes de llevar el bocadillo a la cocina, se pone uno en la boca. *Delicioso*, piensa. Se lleva otro a la boca. En ese momento, no hay nada en el mundo que sea más sabroso.

○ ○ ○

La cena transcurre en silencio. La tía Myrtle ha bajado del cuarto de invitados, pero habla muy poco, y la expresión de preocupación no la abandona. Le ha dado al papá de Gavin la foto de Carlotta que usualmente guarda en un marco en la mesa de noche, al lado de la cama. El papá de Gavin piensa hacer volantes con la foto para colocarlos por todo el vecindario. Por ahora, la tía Myrtle solo está ahí sentada, observando sus ejotes, las chuletas de cerdo y el puré de papas.

—Tía Myrtle, ¿por qué no intentas comer un poquito? —sugiere la mamá de Gavin.

—No puedo comer —dice la tía Myrtle—. No tengo apetito. Tu tío Vestor va a enfermarse de la preocupación. Carlotta también es su perra. —Suspira y sacude la cabeza.

Gavin se pregunta si el tío Vestor ya lo sabe o si se enterará cuando regrese a la mañana.

—Bien... volveré a mi cuarto y me acostaré. —La tía Myrtle empuja su silla hacia atrás. Todos guardan silencio mientras la ven alejarse.

—Tenemos que encontrar a Carlotta —dice la mamá de Gavin cuando la tía Myrtle ya está lejos como para escuchar—. No sé qué pasará si no encontramos a esa perra.

—Voy a hacer los volantes esta noche; a la mañana, los pondremos en todos los lugares en que podamos —dice su papá.

● ● ●

El sábado por la mañana, la tía Myrtle anda con cara mustia mientras el resto toma un desayuno rápido. En cuanto terminan, el papá de Gavin le entrega una pila de volantes a Danielle y a Gavin para que los lleven a las tiendas en Marin y Ashby. Tiene una gran engrapadora en la mano. Va a colocar volantes en los postes de teléfono en todo el vecindario.

Lo extraño es que Gavin no durmió bien la noche anterior.

Se despertaba todo el tiempo, *preocupado por Carlotta*. ¿Y si esa perra tonta pensó que podía ganarle a aquel perro grande que encontraron el primer día de paseo? ¿Y si entró al jardín de ese perro pensando que podía enfrentarlo? ¿Los perros hacen esa clase de cosas? ¿Y si tiene hambre o sed? Estaba preocupado porque no había cambiado el masca-masca verdadero por el falso. ¿Y si nunca volviera a reunirse con el juguete que amaba tanto?

Se siente abatido. Demasiadas preocupaciones.

—Tú ve por Marin —ordena Danielle—. Yo iré por Ashby.

—¿Por qué tengo que ir por Marin? —pregunta Gavin, sin saber por qué lo pregunta. En realidad, no confía en su hermana. Tal vez tenga pensada alguna clase de broma.

—Bueno, tonto. Yo iré por Marin, y tú puedes ir por Ashby. —Danielle se encoge de hombros—. Eres tan tonto.

○ ○ ○

Gavin va primero a La Barbacoa de Babe. No hay nadie en el lugar. El señor Olive, es decir, Babe (debe haber pensado que era un nombre atractivo), está limpiando la entrada de su jardín con la manguera.

—Señor Olive, ¿ha visto a esta perra?

El señor Olive observa el volante que tiene Gavin en la mano. Lo examina.

—No lo creo —responde.

—¿Puede colocar el volante en el escaparate de su tienda?

—Claro. Déjalo en el mostrador.

Gavin va a Neumáticos y Frenos Global, Peluquería y Emporio de las Uñas Belleza Perfecta y luego a la tienda Reventa. Todas las personas de las tiendas de Ashby son amables. Seguramente ven la preocupación en sus ojos. Observan el volante, sacuden la cabeza y luego prometen colocar el volante en sus escaparates. Gavin tiene calor y sed cuando termina con Ashby. Decide pasar por la casa de Richard de regreso a casa. Ver qué está haciendo. Tal vez tomar algo.

Nueve
¿Esa es Carlotta?

Richard está sentado en el porche delantero, lanzando una pelota de tenis al aire. Darnell está saliendo con su bicicleta. Le dice "hola" rápidamente a Gavin, y se va.

—¿Qué hay? —pregunta Richard.

—¿Para que es eso? —Señala la pila de volantes en la mano de Gavin.

—Carlotta todavía no ha aparecido. Estamos poniendo estos en el barrio. ¿Quieres ayudar?

—Bueno —dice Richard—. Pero debo pedir permiso.

—¿Puedo beber algo? Tengo sed.

—Sí, claro.

Gavin nunca había estado en la casa de Richard. Lo sorprende lo desordenada que es. Tal vez es porque hay muchos varones en la familia de Richard: Richard, Darnell (en quinto grado), Jamal (en séptimo) y Roland (en noveno). Hay una pila de platos en el fregadero. Se ven camisetas de fútbol en las sillas de la cocina. Una pelota de básquetbol en un rincón. Cajas de cereal en el medio de la mesa. Gavin piensa en lo que diría su madre si entrara a la cocina y la viera así. Puede imaginarse el shock en su voz, todo el escándalo que haría. Richard encuentra un vaso limpio y lo llena de agua. Gavin bebe agradecido mientras Richard va a pedir permiso para ayudar con los volantes.

Cuando están nuevamente en el porche, Richard le dice:

—Espera. Voy a traer mi scooter del fondo.

—Pero yo no tengo mi scooter —dice Gavin.

—Voy a traer mi patineta. Puedes usarla.

Gavin se sienta a esperar en el escalón más alto. Mira en una dirección de la calle y luego en la otra. Lejos, al final de la cuadra, del otro lado de la calle, ve a dos niñas de su clase. La odiosa Deja y la otra niña. No recuerda su nombre. Cada una pasea un perro. Es curioso, pero uno de los perros se parece un poco a Carlotta. Tiene casi el mismo color de pelaje... tal vez un poco más oscuro, piensa. Deja está paseando al otro perro. Tiene un cuerpo pequeño, flaco, patas largas y la cara en punta. Observa un momento y luego mira al chico que está enfrente lavando su auto. Es un auto negro con escapes traseros relucientes e impresionantes tapones. Gavin decide que va a tener un auto así cuando tenga la edad de ese chico. Vuelve a mirar hacia la calle. Las niñas que tienen el perro parecido a Carlotta están más cerca.

Gavin se pone de pie y se protege los ojos del sol. ¡Un momento! Al acercarse Deja y su amiga, ve que uno de los pequeños perros jala de la correa de la misma manera que lo hacía Carlotta. Luego el perro se detiene a olfatear el césped. La niña más amistosa (Nikki, ahora recuerda el nombre) debe jalar, de la misma manera que él tenía que hacerlo con Carlotta. Gavin comienza a darse cuenta. Esa pequeña perra ¡es Carlotta! ¿Qué están haciendo *ellas* con la perra? En ese momento Richard sale del costado de su casa en su scooter con la patineta debajo del brazo.

—¡Esa es Carlotta! —exclama Gavin.

—¿Qué? —pregunta Richard. Parece confundido.

—¡Esas niñas tienen la perra de la tía Myrtle! ¡Esa es Carlotta! —Señala a Deja y a Nikki.

—¿Cómo es que tienen la perra de tu tía? —pregunta Richard.

—No lo sé —dice Gavin. Corre hasta la esquina, mira a ambos lados y cruza la calle para reunirse con las niñas.

Carlotta se ve muy feliz dando saltitos o deteniéndose en su camino para olfatear el césped igual que lo hacía cuando Gavin la paseaba. No puede creerlo. Se apura para alcanzarlas y la mandona, Deja, frunce el ceño al reconocerlo.

¿Qué le hizo él a *ella*? Ella toma la correa de la mano de Nikki y jala a Carlotta a medida que se acerca Gavin.

—¿De dónde sacaron esa perra? —dice cuando está lo suficientemente cerca como para que lo oigan.

—¿Por qué? —pregunta Deja.

—¡Porque esa no es su perra! —Señala a Carlotta.

—¿Cómo lo sabes? —pregunta la niña más simpática en voz baja.

—¡Esa es la perra de mi tía! Se escapó del jardín ayer y hemos estado buscándola por todas partes. —Mira a Carlotta, quien parece estar feliz en manos de personas completamente desconocidas. Se da cuenta de que está enojado. Como si ella fuera una traidora. La otra perra jala a Deja hasta un envoltorio de golosina que está en el césped.

—¿Cómo sabemos que es verdad? —pregunta Deja.

Richard cruza la calle y se suma al grupo.

—Esa sí es la perra de su tía —agrega. La estuvo paseando luego de la escuela todos los días esta semana.

—Bueno, ¿entonces por qué actúa como si fueras un extraño? —pregunta Deja.

Gavin mira a Carlotta.

—Carlotta —dice. La perra no le presta atención. Vuelve a olfatear el césped—. Carlotta —vuelve a decir.

—¿Ves? —dice Deja—. Ni siquiera te conoce.

—Bueno, entonces, ¿de dónde sacaron esta perra? —pregunta desafiante Gavin.

Antes de que Deja pueda abrir la boca, la otra niña dice:

—Nosotras le salvamos la vida a esta perra. Estaba a punto de ser arrollada por un auto, y la detuvimos antes de que cruzara. Mis padres dijeron que es una perra callejera, al igual que la perra de Deja, la Señorita Preciosa Penélope. Ni siquiera tenía collar, y dijeron que podía quedármela si nadie la reclamaba, y vamos a llevarla al veterinario para que la vacune y todas esas cosas.

—Nikki, no hace falta que le cuentes todo eso.

En ese preciso momento Gavin se da cuenta de que dejó en el porche de Richard pruebas de que la perra es de su tía. De nuevo, mira a ambos lados de la calle vacía y cruza corriendo. Junta los volantes y vuelve rápido al grupo.

—Mira —dice sosteniendo un volante frente a las narices de Deja. Ella lo aleja y retrocede. Pero lo lee. Y su amiga Nikki también.

Debajo del párrafo está la imagen de Carlotta. Tiene un moño rosado enorme en el pelo. Nikki y Deja la observan. Mi-

¿HA VISTO A ESTA PERRA?

Su nombre es Carlotta y es la adorada compañera de la señora. Myrtle Roberts. Tiene un pelaje anaranjado y marrón; no llevaba su collar cuando se escapó en la tarde del viernes.
Está perdida hace 24 horas. Si la ve o sabe dónde está, por favor, contacte a Myrtle Roberts al 555-3423

555-3423 555-3423 555-3423 555-3423 555-3423 555-3423 555-3423 555-3423 555-3423 555-3423 555-3423 555-3423 555-3423 555-3423 555-3423 555-34

ran a Carlotta, que continúa con su rutina de olfatear, y luego de nuevo al volante.

—Bueno, quiero mi correa y el collar —dice Nikki apenada—. Sabía que era demasiado bueno para ser cierto —agrega, más para sí que para los demás.

—Te los regresaré el lunes en la escuela —dice Gavin, mientras toma a Carlotta en brazos.

○ ○ ○

Gavin se siente como un verdadero héroe cuando sube los escalones del porche con Carlotta retorciéndose en sus brazos. Richard está justo detrás de él; seguramente no quiere perderse la recepción triunfal que recibirá su amigo. Antes de que Richard llegue a abrir la puerta delantera a Gavin, el tío Vestor la abre. Cuando los ve, agranda los ojos y separa los labios, pero no emite ningún sonido. Luego grita:

—Myrtle, ¡ven aquí! —Su voz hace que el papá de Gavin (que había regresado de poner volantes) y la mamá de Gavin vengan corriendo. Están juntos observando a Carlotta por un momento, mudos por la sorpresa. Es como si no pudieran creer lo que están viendo.

—¿Dónde la encontraste? —pregunta por fin su mamá mientras la tía Myrtle toma a la perra de sus brazos y le da un abrazo.

Danielle entra en ese mismo momento con algunos volantes en la mano. Hasta *ella* se queda con la boca abierta cuando ve a Carlotta.

—La tenían dos niñas de la cuadra de Richard. Dijeron que la habían salvado de ser arrollada por un auto. Y que no sabían que tenía dueños porque no tenía collar.

—Es un milagro —dice la tía Myrtle—. Un milagro. —Lleva a Carlotta a la sala de estar y se sienta en el sofá.

El tío Vestor se acerca a Gavin y le da una palmada en la espalda. Su padre está muy sonriente. Su mamá también le sonríe. Hasta Danielle le sonríe. Eso sí que es un verdadero milagro.

—Bueno, Gavin, creo que tenemos que hacer cuentas —dice el tío Vestor.

Gavin frunce el ceño. No está seguro de qué quiere decir eso exactamente.

El tío Vestor saca su cartera y toma dos billetes de diez.

—Esto es lo que te debo por pasear a Carlotta. —Le da uno de los billetes de diez—. Y esto es por encontrar a Carlotta. —Coloca el otro billete de diez en la mano de Gavin. Gavin observa la fortuna que ahora posee, y susurra:

—Gracias.

—Guau —dice Richard con admiración, pero antes de que Gavin pueda disfrutar de su tesoro, Danielle se acerca y le arranca uno de los billetes de diez de la mano.

—Gracias. *Esto* me pertenece —dice, y se va a su cuarto dándose aires.

A Gavin no le importa. Ahora por fin se ha *liberado* de la deuda con su hermana, la Señorita Danielle, la Señorita Sabelotodo, la Señorita Que Acaba de Llegar a la Adolescencia. Ah, qué placer. Además, tiene sus propios diez dólares. Esta ha sido una gran mañana de sábado.

● ● ●

Más tarde, mientras él y Richard van en la patineta y en el *scooter* hacia el Parque Miller, luego de todas las despedidas a la tía Myrtle y al tío Vestor y, por supuesto, a la querida Carlotta, y luego de haber entregado el verdadero masca-masca (la tía Myrtle ni siquiera notó la diferencia), Gavin siente algo extraño.

Un sentimiento particular de que quizás, tal vez...

No, no puede ser. Sin embargo, cree que posiblemente podría... *extrañar* a Carlotta. *Y ya serían tres milagros en un día*, piensa Gavin, y sonríe para sus adentros. Luego se impulsa en el asfalto y pasa a toda velocidad al lado de Richard rumbo al parque.

¡No te pierdas el próximo libro de las Crónicas de la Primaria Carver!

Richard no ve las horas de mostrar sus ollies en la fiesta de cumpleaños de su amigo en el parque de patinetas, pero una nota de su maestra sobre una tarea incompleta amenaza con arruinar sus planes. ¿Podrá Richard lograr posponer la firma de la nota hasta después de la fiesta (y enfrentar sus consecuencias)? ¿O eso solo le traerá más problemas?

Uno

Una nota de la señora Shelby-Ortiz

Richard está observando el reloj que está sobre la pizarra blanca. Solo faltan cuatro minutos para que comience oficialmente su fin de semana. Bueno, no técnicamente, pero sí en su mente. El timbre será la señal de su libertad. Solo debe esperar hasta que todos los de su mesa se preparen y estén "listos para la salida". Son palabras de la señora Shelby-Ortiz. Es la maestra. Es muy agradable. A Richard le gusta mucho su maestra.

Cuando ella llame a su mesa, Richard deberá contenerse para no saltar y salir corriendo. Primero, debe levantarse y empujar la silla debajo del escritorio y pararse como un soldado. La boca cerrada. Luego deberá caminar "de manera ordenada" hasta la fila en la puerta del aula. Deberá mantener los labios cerrados y no golpear a Ralph en el hombro para divertirse. No hará sonidos groseros con la mano en la axila. Debe contener las ganas de jalar una de las trenzas gruesas de Nikki. Ser perfecto es realmente muy difícil.

Echa una mirada a Gavin, su nuevo amigo. Para Gavin es muy fácil hacer todo bien. Ni siquiera parece tentarle corretear o jalar una trenza o dar un golpe. Hace que parezca fácil ser bueno.

Suena el timbre. El timbre es música en los oídos de Richard. La señora Shelby-Ortiz comienza a mirar a su alrededor. Todos los alumnos se apuran para guardar sus libros de texto, cargar sus mochilas, revisar el piso alrededor de sus escritorios y luego se paran bien erguidos detrás de sus sillas. Richard es el mejor de su mesa en eso de pararse erguido. Sabe que la señora Shelby-Ortiz lo felicitará. Ya puede escuchar las palabras: *"Me encanta cómo se para Richard. Se lo ve listo para la salida"*. Él espera esas palabras. Su mesa es la mejor, sin ninguna duda. Ralph, de la mesa cuatro, todavía está recogiendo papeles del piso. Ja, ja.

La señora Shelby-Ortiz comienza su recorrido. Camina lentamente, examina los escritorios, el piso...

—Me gusta la mesa tres —dice.

¡Genial! ¡Esa es su mesa!

—Sí. Todos se ven listos para hacer fila.

Vamos, señora Shelby-Ortiz... Más halagos, por favor. Richard echa una mirada a Gavin y sonríe, pero Gavin está ocupado mirando hacia adelante.

—Bien, mesa tres. Pueden formarse.

Richard hace un gran esfuerzo por no salir disparado de su escritorio para ir rápido hacia la puerta.

—Excepto Richard. Por ahora, quiero que te quedes sentado.

Al principio, cree que no ha escuchado bien. ¿La señora Shelby-Ortiz le dijo que se quedara sentado? ¿Escuchó bien? Los otros tres alumnos de su mesa salen de manera ordenada. Richard se recuesta en la silla y mira cómo la señora Shelby-Ortiz despide al resto de la clase, mesa por mesa.

Cuando ha salido el último alumno, ella va a su

escritorio y pone el registro de calificaciones —el temido registro de calificaciones— sobre el escritorio. Mira a Richard, sonríe y dice:

—Ven aquí, Richard, y toma asiento.

A Richard no le gusta cómo está ubicada la silla, de cara al escritorio de la señora Shelby-Ortiz. Parece la silla de una persona culpable. Espera que no tenga nada ver con que accidentalmente, la semana pasada no hubiera cumplido con su parte de la presentación sobre el hábitat del mono aullador. Esperaba que, por algún motivo, ella lo hubiera olvidado.

Richard se sienta y se mira las manos. La señora Shelby-Ortiz se acomoda en su silla.

—Tenemos un problema —dice ella.

Richard continúa mirándose las manos.

La señora Shelby-Ortiz abre su registro.

Oh, oh. Richard traga saliva. No le gusta ese registro de calificaciones. Siente que está lleno de pruebas en su contra. Malas calificaciones en ortografía y en exámenes y cosas así. Mira a través de la ventana y desearía ser uno de los niños que corren detrás del autobús o ríen y conversan con amigos.

—¿Qué pasó con tu parte del informe sobre la selva? ¿No

debías entregarlo el viernes pasado? —pregunta la señora Shelby-Ortiz.

Richard continúa mirándose las manos y piensa. La clase se había dividido en grupos. Cada grupo había elegido un animal de la selva. Él estaba en el Grupo Mono Aullador, con Erik Castillo, Yolanda y Nikki. Se suponía que Richard se iba a encargar del hábitat. Erik se ocuparía de los animales que caza el aullador y cuáles son sus predadores, y Nikki y Yolanda estaban a cargo del material visual: cuadros e ilustraciones, algunos dibujados, otros copiados de libros y cosas así.

El día de la presentación, Richard había estado enfermo en casa. O algo así. Bueno, la verdad es que solo había tenido un resfriado y podría haber ido a la escuela. Pero los días previos a la presentación había pasado demasiado tiempo jugando a los videojuegos y tonteando. Cuando se puso a trabajar, ya era domingo por la noche y debía presentar el informe el lunes. Y, a decir verdad, sí estaba un poco resfriado.

La señora Shelby-Ortiz autorizó al Grupo Mono Aullador a retrasar su informe hasta ese viernes. Aunque parecía mucho tiempo para prepararlo, el viernes llegó muy rápido, y

Richard todavía no estaba listo. El grupo tuvo que presentar su informe sin la parte del hábitat del mono aullador.

La señora Shelby-Ortiz dijo que le daría tiempo hasta el lunes. El lunes también llegó muy rápido.

Hoy es viernes. Evidentemente, ella no se ha olvidado de la presentación.

—Qué pena, Richard —dice—. Tampoco has estado trabajando muy bien en otras áreas —pasa el dedo por la página de su registro y se detiene en su nombre—. Hm... —dice en voz baja al pasar el dedo por la página. Se detiene a cada rato y hace un sonido de desaprobación con la lengua. Pasa un par de páginas más, encuentra otra vez su nombre y pasa el dedo por allí. Cada tanto, sacude la cabeza lentamente y con tristeza—. Las calificaciones en ortografía no son buenas. Y tus pruebas de matemáticas... Sé que puedes hacerlo mejor.

Richard baja la mirada de nuevo, pero oye que la señora Shelby-Ortiz abre el cajón. Levanta la mirada y la ve con el temible cuaderno frente a ella, ese que usa para pedir a los padres o tutores que asistan a una reunión. Comienza a escribir en el cuaderno.

Con rapidez, Richard empieza a hacer algunos cálculos. Si lleva la nota a su casa ese día y se la da a sus padres, adiós a su fin de semana. Adiós a la fiesta de patinetas de Gregory Johnson del próximo sábado. Adiós a sus salidas, a la tele y a los videojuegos y a las prácticas de su ollie, su truco favorito con la patineta. En lugar de eso, pasará un fin de semana horrible, con tareas adicionales hechas para que aprenda a ser responsable y tenga la oportunidad de reflexionar acerca de sus malas decisiones. No quiere un fin de semana con tareas y reflexiones sobre cómo mejorar. ¿Qué niño lo querría? No. Sería mejor demorar la entrega de la nota a sus padres tooodo lo posible. *Sí*, piensa. Eso es lo que va a hacer.